彼岸花

庆山 著

北京联合出版公司
Beijing United Publishing Co.,Ltd.

QING SHAN

图书在版编目（CIP）数据

彼岸花 / 庆山著 . -- 北京：北京联合出版公司，
2021.9 （2022.2 重印）
ISBN 978-7-5596-5423-6

Ⅰ．①彼… Ⅱ．①庆… Ⅲ．①长篇小说－中国－当代
Ⅳ．① I247.5

中国版本图书馆 CIP 数据核字 (2021) 第 139800 号

彼岸花

作　　者：庆　山
出 品 人：赵红仕
责任编辑：龚　将
封面设计：吴黛君

北京联合出版公司出版
（北京市西城区德外大街83号楼9层 100088）
北京新华先锋出版科技有限公司发行
大厂回族自治县德诚印务有限公司印刷　新华书店经销
字数172千字　620毫米×889毫米　1/16　16印张
2021年9月第1版　2022年2月第2次印刷
ISBN 978-7-5596-5423-6

定价：49.00元

目录

彼岸 花 ..

.. Side A 乔

.. Side B 南 生

.. Side C 散场了

.. Side A 乔

咖啡店里邂逅小至

我是乔。这一年春天，我在上海。

每天在家里写作，同时为数家杂志撰稿，写专栏。让每个字产生反映精神、兑现物质的价值，说来这应是我唯一的谋生技能。收入虽不稳定，但维持生存尚可。这种生活在旁人的眼里，也许过于随性及缺乏安全感。但对一个长年没有稳定工作且不愿在人群里出没的女子来说，就好像是潜伏在海底的鱼。有的在几百米，有的在几千米，冷暖自知，如此而已。

我生性自由散漫。或者换个角度来说，是一个自私的人。所谓自私的标准是：只按照本性生活。放纵自己不好的习惯：比如长时间睡觉，去附近的酒吧买醉。沉溺于香烟和对虚无的对抗。神情困顿，装束邋遢。常常席地而坐，咧着嘴巴放肆大笑。有时过分敏感，所以和很多关系格格不入。但对身边的人和事没有太多计较。

不计较与其说是宽容，不如说在大部分的时间里，我对这一切并无兴趣。我漠视除自己关注和重视之外的一切感觉和现象。不容易付出。有享受孤独的需求。也许这一切特性注定了我只能选择写作。它能让我采取合理的方式逃避某种现实和喧嚣。虽然感觉中，被长期性抑郁症所困扰的人才会从事这种职业。

四月的上海依然寒冷，但能够感觉到春天循序渐进。

有时在某个下午，有心情，坐公车观望城市的春天。坐最后一排空荡荡的位置，把脚搁到舒服的角度。当车子慢腾腾地行进在因为修路而交通堵塞的马路上，悠闲欣赏窗外斑斓春光与艳丽女子。午后。陈旧的欧式洋楼，晒满衣服的院子，露台一角绽放出粉红色蔷薇。梧桐树的绿色叶片闪烁阳光，街边咖啡店露天桌旁，英俊的法国男人，在阳光下微微眯起眼睛，脸上有茫然而天真的神情。

我的快乐都是微小的事情。就像以前曾经喜欢过的一个日本乐队的名字，它叫 Every Little Thing。细节是组成幸福的理由。喜欢简单生活，做喜欢的事情，住在喜欢的城市里。最好还能遭遇到喜欢的天气，喜欢的男人和女人。任何一件事情，只要心甘情愿，总是能够变得简单。不会有任何复杂的借口和理由。这是我信奉的生活原则。

小至出现的那个下午，是个晴天。上海春天的阴冷常常会持续很长时间，某些时候几乎足够让人丧失对生活的希望。可是那天的阳光非常好。金色的阳光似乎能穿过胸膛，抚摩到僵硬的心脏，如同一次重生。

小至说，我们去买 DVD。五彩阳光就闪烁在她的头发上。她的头发凌乱潦草，略显褐色，像一大把晒干的松软海草。一点点化妆也无的女子，穿一件灰黑的棉大衣，里面是黑色厚棉 T 恤，手腕上系一根红丝线。她穿得少，习惯耸起肩膀做萧瑟的样子，微笑时眼睛和唇角有甜美弧度。平淡年轻的面容散发出薰衣草般的清香味道。

我说，你喜欢什么片子。

她说，太多了，说不清楚。我对它们没有喜欢或不喜欢的选择。演员有杰瑞米·艾恩斯。喜欢他的眼神。

什么意思？

隐晦，湿答答的。

他最近好像有部新片子对吧。

对。《卡夫卡》。可以去找找。

不奇怪她和我有相同的爱好。虽然杰瑞米·艾恩斯看过去只是一个孤僻的男人。有着英国人常有的狭窄的瘦脸。鼻翼两侧深长的纹路，一直延伸到唇角。在东方命相书里，这样的纹路代表痛苦的隐忍，称之为法令纹。网上查阅的资料：十三岁寄读于谢伯恩学校。早先立志当一名兽医，后来读了大量戏剧书籍，认为舞台更适合于他。来到布里斯托尔，加入老维克剧院，跟彼得·奥图尔一起演出。一九七一年进军伦敦，先是在街头演出，后在舞台与荧屏上献艺。七十年代后期，开始成名。

雨水绵绵的城市，长年不见阳光。每一棵树都会滋生出潮湿的霉菌。他在夜色大街上神情潦倒独自行走。神经质的美感，手指修长，脸色苍白。在主演的电影里，大部分都容易陷入病态的畸恋。他是喜欢纵身扑入的人，姿态优雅，常常溃败到底。他的情欲是黑夜中的潮水，汹涌盲目，但是并不肮脏。只是那种无声的溃败，一丝丝，一缕缕，从他的皮肤、头发、手指散发出来。渗透在空气里，消失在时间里。

我们收集他所有的片子。《蝴蝶君》《洛丽塔》《烈火情人》《命运的逆转》《中国匣》……在我的租住屋里，一边喝威士忌加冰奶酪，一边看至深夜。相信喜欢他的女人会有很多。与小至一样，看着他的眼神便觉得满足。好像进入一间阴暗的屋子，它不是盲人般的黑暗，而是可以安全地、小心翼翼地收藏起悲哀与欲望。也许这是区别。多一点变成恐惧，少一点就丧失秘密。我想，我也和她一样。

我在上海并未认识太多有趣的人。我的生活范围狭小，基本上在租住房附近的街区，酒吧、电影院、四川菜餐馆、二十四小时营业的小超市、花店、音像店……我不知道人与人之间是否需要紧密的接触。很多人热衷有事没事就碰到一起，说些无关紧要的话，做些不明所以的事。很多人害怕寂寞，需要感知皮肤的温度、气味的混杂……这样可以不用面对自己内心的破洞。而我觉得朋友是按需要划分的，并且根据需要采取合适的方式。比如有些朋友是用来聊天，你就不能向他借钱。有些朋友可以做爱，但需要把灵魂和身体的距离划分清楚。容易伤人和自伤的，总是那些对距离的边缘模糊不清的人。

　　参加过几次所谓的派对。地点大部分在五星级酒店。去的人要提供名片，可见这种活动渗透着阶层的势利因子。一屋子衣着光鲜的情色男女，身份有金融、广告、出版、网络、贸易等各界人士。二百平方米左右的大厅，白衣的侍应生托着放满酒杯的大托盘来回穿梭，请来的乐队在现场演奏，还有主持人在台上插科打诨。很多人在握手，拥抱，亲吻。某个瞬间你会有错觉，以为出现在某部场景搭得不太地道的戏剧里。

　　我见到一些穿梭自如的女子，她们是上海洋化风情的代表。英语流利，眼神清晰，看得清楚自己的未来和值得笑脸相对的人。这些身材高挑、艳光四射的美女，大冬天穿短袖的织锦缎旗袍，裹流苏纯羊毛披肩围巾，却赤足穿一双镶水钻的细高跟凉鞋，肤色胜雪，软语呢哝。有精致的妆容和无懈可击的优雅笑容。她们身份暧昧。也许白天出入高级百货公司和位于尊贵地段的写字楼。或者白天睡觉，晚上苏醒，夜夜狂欢在舞厅和酒吧。她们是所谓的都市时髦女郎，享受物质操纵生活，从不迟疑和犹豫。

但我相信她们会在无人时面对自己无所适从的灵魂。人通常渴望占有愈多而愈脆弱。

通常还会有一些无聊的人，站在旁边抽烟喝酒或发呆。大部分是些自得其乐的男人，坐一会，沉默地离开。我和那些男人应属同类。独自拿一杯酒，挑一盘子杏仁甜点，找个僻静的角落，陷在沙发里旁若无人地穷吃。即兴发挥不是我的强项。我的预热很慢。感情需要很大的安全感才能活泼地施展。在陌生人面前矜持而又有些麻木不仁。我想那应该不是拘谨。只是很少对人感兴趣。没有欲望只能说是麻木不仁。

租住的房子在以前是西区资本家聚集地，现在没落了。法国梧桐，红色尖顶洋楼，凸窗有暗淡无光的镂花麻布窗纱，斑驳的露台铁栏杆和花园，马路空空荡荡。这是一条被殖民文化冲刷的街。它符合我的漂泊感，我们似乎都失去了归属感。路上常看到牵着蝴蝶犬的女子，涂着鲜红的唇膏，薄丝袜，高跟鞋，每天下午四点左右在附近散步。这里有许多富商买下公寓给漂亮的情人居住。那些眼神流转的女孩渐渐变成为慵懒的散步者。

我租的是已有些破旧的老式公寓楼，每月租金仍很昂贵。走廊墙面粉漆剥落，角落堆积着邻居的破烂家什与杂物，那些潮湿的拖把和衣服，枯萎的盆景，废弃的破铜烂铁……空气里有一股灰尘的陈旧味道。穿越窄小的走廊，打开门，进入我的房间。小块褐色柚木拼起来的地板，墙壁贴着复古考究但已破损的墙纸，双人床，抽屉橱，衣橱长镜子模糊不清。面积很小，简单干净。卫生间的白瓷砖泛黄，浴缸边上有一盆绿色小仙人球。也许是上任房客遗留之物。

　　房东给钥匙的时候问我是否在这里长住，我自然给予她肯定的答复。其实在上海我租房的频率是三个月换一个地方。但目前不用向房东亮出底细。我搬进去被子、衣服、十多瓶香水，一台笔记本电脑。

　　遇见小至之前，我在自己的房间里写作，闭门不出，只打叫外卖的电话。比萨店，炸鸡店，四川小餐馆，解决一日三餐和夜宵。我的朋友很少，对男人很难产生爱情。短期理想是能够赚到钱去印度和老挝。写一个长篇，拍一部电影。长期理想是可以某天突然地消失。也许是不告而别。

　　有时候我什么都不做。那通常是写不出一个字的时候。或刚领到稿费有点闲余。我就在中午十一点左右起床，到附近的咖啡店喝咖啡，接着去音像店搜集盗版影碟。有时只是在空气污浊的大街上走来走去，像任何一个无所事事四处晃荡的人，竭尽所能地消磨时间。

我喜欢看电影，但很久没有去电影院。少年时记得常和同学逃下午的课，去小电影院看外国片。记忆中是一座偏僻的白色房子，放映厅很小，墙壁刷成绿色，墙面上有暗黄雨迹。壁灯华丽而俗气。座位不常清洗，散发着恶劣的头发和汗水的气味。那里总是有一股潮湿发霉的味道，但会一整个下午放上四五部影片，看到日本和欧美最新的一些片子。也有很老的黑白旧片子。

我喜欢电影里那些与日常生活不同的画面和台词。也许因为对现实有太多不满，很多人都喜欢拿着大杯可乐、大桶黄油爆米花在编造的幻境里醉生梦死。这是最容易的躲避生活压力的方式，最懒惰的方式。放什么影片，在哪里放以及放多久，都已不重要。散场时，我经常怀着微微的羞耻感在黑暗中入睡。醒来时回头四顾，发现别人也是一样。

有时我去住家附近的一间酒吧。老板是个身份不明的中年男人，七年前从英国回到上海。他叫森，比我大十多岁。他的酒吧叫布鲁，我想谐音应该是英文的 blue。木吧台，是森亲自做木工并涂漆，他还做了几个用白色棉纸糊起来的灯笼。大玻璃花瓶用清水养着很多马蹄莲。那种洁白的欲开不开的花朵，没有香味，枯萎得很快。一整面的墙壁边有一缸热带鱼。

他穿着干净的白棉衬衣站在吧台后面，亲自招呼客人，有时在吧台后面娴熟地擦玻璃酒杯。他日日夜夜倾听很多人的故事，但从不透露自己的往事。店里时常放意大利歌剧，轻得像要断了一样的声音，明亮而凄怅，如水般流动。他摆出很多从欧洲旅行带回来的威士忌、白兰地和葡萄酒。大部分来自一些偏远的风景优美的小镇，农家自己制作。

酒吧在晚上十一点左右最为热闹。因为众多陌生人的汇聚，那种烟草、酒精和体温的融合，空气变得温暖。我去那里，通常要一杯加冰威士忌，观察水箱里美丽的小鱼，伸出手，把发热的手心贴在玻璃缸上，对它们吹口哨。然后，我坐在吧台前面的高脚凳子上，一杯接一杯，连续喝酒，直到昏昏欲睡。

凌晨时分从酒吧回家，如果酒醒了，失眠，就上网聊天。隐藏身份和面容，躲在虚拟的符号称谓后面，和陌生人说话。每一个人，失去了身份，却是一种自由。我们随时对谈，随时离开。随时出现，随时消失。可以同时即兴地开展六场键盘恋爱，或更多。厌倦时连拜拜都可以省却。毫无后患。这也是容易对真诚和诺言产生怀疑失去信心的方式。

我寻找轻松有趣的谈话对象，聪明，男性最好。虽然在网上性别可以是忽略不计的问题，有趣的人可遇不可求。一次聊天，有人向我推荐一个网站，打开后是从太空拍下来的地球图像，每个人可以在上面找到自己所在地点的标记。那个人说，他已经找过自己的地点，现在轮到我。我看着那颗美丽的蓝色星球孤独而傲慢地转动。我甚至还不知道他叫什么名字。

他说自己在北京，二十八岁，在广告公司做经理。我无需去考证这些要素是否真实。我可以把他当作背景板，只是编造自己喜欢的男人特征。我在键盘上飞快地敲打，一边听多莉·艾莫丝，一边搭配感觉中他英俊的五官。这种想象令人愉快，不需要兑现。后来他如同他的网名一样消失不见。Sam。一颗冲天炮。

四月初，在网上邂逅小至。

她不隐瞒自己，一开场亮出的都是真实的东西。这些真实在以后的时间里得到验证。她说她复旦哲学系毕业，在四家网络公司以三到六个月的平均速度轮换工作，演过话剧女主角，写过诗歌，参与过独立制片的工作，会作曲唱歌灌唱片……现在她什么都不做，只在一家咖啡店卖咖啡。她的开场白充满传奇色彩。

每年春天，这个城市并末有丝毫奇迹发生。

街头空气污浊，路过的人匆匆忙忙，空气里的臭味。我对她说，我想象自己的电影里有一个带着鸟群出现的女子。她每次出现，都会有一群鸟围绕在她的身边。灯光通明的地下铁，百货公司，深夜的咖啡店，石库门破旧房子，阁楼的尘埃，冰冷的墓地……那群鸟在她的头顶盘旋，在她的身边栖息，自由出入于她心脏起伏的地方。带着凛冽的风的声音，却没有一个旁人能够看到。

当她爱上一个男人，鸟群轻灵地四处扩散，在天空上盘旋。当她痛苦，鸟群停在屋檐或树枝上沉默无语。它们起起落落，没有轨迹可寻。女子的视线穿越城市逼仄的天空，落在荒野。有一天她死了，那群鸟消失于她腐烂的体内，蜕变颜色振动着翅膀离她而去。鸟的翅膀在空气里振动，一种不确定归宿的流动。女子身上盘旋的鸟群，所有的人都看不到。

小至说，那是一种无形的能量或情绪吧。这是你自己有的东西。你只是需要一种形式去表达它。

那段时间，晚上我总是失眠。只能一整夜地看盗版片子，读小说。凌晨时趴在窗台上抽烟。远方深蓝的天空渐渐泛白。不远处有棵樱花树开满一树粉白的花。因为知道它会谢得很快，每次我总是看它很久，看不够……那时候想如果身边有个人，樱花这样美，一起看多好。不辜负这良辰美景。黑暗夜色中，我听到细碎柔软的花瓣在风中飘落的声音。

心的寂寞，真的很难用语言表达。

我对小至说，我刚看了《春光乍泄》。两个男人的感情，纠缠着纠缠着，终于找不到对方，无从重新开始。录音机里男人压抑的哭泣，被风一吹，就散了。千言万语，从何说起呢。一些太寻常的细节，半夜去买烟，在小厨房里跳舞，看着对方睡觉……最后依然是要孤独。还是感动了。当梁朝伟一只手夹着烟，一只手拿着酒瓶，开车去往瀑布的路上。人总是需要一些温暖。哪怕是一点点自以为是的纪念。

想起以前的一个朋友，手臂上有伤疤，是曾经用酒精烧过的针扎在皮肤上，写下他爱过的第一个女孩的名字。三块丑陋的伤疤，如果不抹掉，就要一辈子跟随着他。而女孩和爱情，早已离开。所以，感情不过只是一个人的事情，和他人无关。爱，或者不爱，只能自行了断。伤口是别人给予的耻辱，自己坚持的幻觉。最惨痛的伤口总是难以拿来示人。找个角落躲起来。

我在凌晨的网上，一边抽烟一边和小至讨论这些问题。我知道自己只是在自言自语，但有何关系。她倾听我，隔着虚幻的距离。我们不确定彼此之间相隔多远，也许曾经地铁交错而过，也许穷其一生不会见到对方……但是我们在交谈。那是一种确实的交谈。所有的话语从心脏冷僻的位置流淌出来，汩汩流出。

小至说，很多人看过去似乎完好无损，只在意自保，谨慎地寻求付出和回报之间的平衡，希望别人死心塌地，坚持自己优游自在……而温暖淳朴的爱人们，像鸟一样纷纷飞离物欲的城市。很多年，我们无法在城市最繁华的街头听到鸟声了。

我说，那么你呢。

她说，我大概是一只鸟。充满警觉，不容易停留，一直在飞。

我们在两个星期之后决定见面。两个女子之间的约会。想不出有什么理由不和小至见面。我们是成人，且是同性，并不是在网络上利用虚拟的空间的限制玩耍感情游戏。小至说，你喜欢喝双份意式浓缩咖啡对吗，我在蓝鹿咖啡店，每周一三五的下午当班。如果你愿意，希望能亲手做杯咖啡给你喝。你可以过来看看。我的左眼角有一颗褐色的泪痣，直发。左边耳朵上有三个耳环洞。

我知道这家咖啡店，每次去里面几乎都是热火朝天，很多人一桌一桌地坐着，聊天，看报纸，听音乐，打手机，发呆，休息。里面的人坐满，挤到外面的露天座位上。最早的顾客是来喝完早餐咖啡，然后去上班。我到南京西路店的时候是黄昏。两位店员小姐忙碌地在台子后面操作。她们穿着相同的制服，看过去都是寻常的年轻女孩。我盯住她们看。有一个直头发的女孩，脸上皮肤粗糙，左眼角一颗泪痣。左耳朵有三枚哥特气息的铆钉银耳饰。这使她普通的容颜看过去很有生机。

她说，你好。

我说，你好。

她的笑容像花朵般绽放，鼻子旁边有细细的小皱纹。这个笑容一点也不假。我相信是因为她的心情愉快而非职业性所为。包括她下巴处一颗刚冒出来的新鲜粉刺，她身上的香水混合着汗液气味。小至和我想象中的没有任何区别。

她下了班。她说，我们去买DVD。五彩阳光闪烁在她的头发上。她的头发凌乱潦草，略显褐色，像一大把晒干的松软海草。一点点化妆也无的女子，穿一件灰黑的棉大衣，里面是黑色厚棉T恤，手腕上系一根红丝线。她穿得少，习惯耸起肩膀做萧瑟的样子，微笑时眼睛和唇角有甜美弧度。平淡年轻的面容散发出薰衣草般的清香味道。

我们找了几家音像店。她趴在柜台上，一只手臂压在桌面上支撑身体，一只手拿着一根红双喜香烟，仰着头看自己吐出来的烟雾。我们成为朋友，这样轻易，简简单单，一点也不难。

《蝴蝶君》里，有法令纹的男人，站在六十年代北京清凉如水的夜色下，看一个老人在水井旁边捉萤火。在舞台上笑容幽怨的女子，走在他的身边。她其实是一个中国男人。他爱上那个男人。痛彻心扉的爱情是真的，只有幸福是假的。那曾经以为的花好月圆……爱情是宿命摆下的一个局。

在监狱里，众目睽睽之下，他把刀插进自己的腹部。他的嘴唇涂抹凄艳的口红，脸上是惨白脂粉。他扮演一个在等待中枯萎的日本女人，而这是另外一个男人曾经扮演过的角色。他跪伏在地上，双手紧紧握住刀柄，把它一寸一寸用力捅进去。捅入身体的更深处。疼痛和鲜血带来快慰。那是四年以后的事情。他的爱情，他深爱的女人，他的儿子，他的中国生活……只是一场破碎幻觉。只有死亡才能和幻觉抗衡。

演员常会被当成孩子对待，因为他们有幼稚的言行。可是我是成人，他曾对采访的记者说。成人的方式是要控制痛苦，让它像插入身体的刀刃，发不出声音。但是锐不可当地进入。

那年的五一节我是这样过的：在上海长途汽车站买一张票，搭车去苏州。长时间地把自己关在家里，并非是人人能承担下来的生活。我写作，头疼，睡觉，忧郁，烦躁，吃东西，抽烟，看音乐台，洗澡，趴在阳台上抽烟……生活里有许多困顿的地方。有时候我想，这种写作的生活什么时候才能到头。但不可能有个男人突然冒出来对我说，我带你走，给你家，你每天喝喝下午茶，晒太阳看书吧……那是一个白日梦。

我时常想着有一天，能够躲避所有陌生人的面孔，不用看到他们的殷勤或冷漠，快乐或愤怒，因为我不关心。我只想有一个属于自己的空间，能够听重复的电子音乐，看圣经故事，看周星驰狡诈而天真的笑脸，或者躺在床上看着阳光在窗帘缝隙中的舞蹈。我的世界有时充满寂静无声的妄想，容纳不下别人。

一直都不想工作。以此为目标却始终在努力地工作。曾有人说，有个人一直想自杀，因为这个明确的目标，他活了下去，活了很久。我忘记是否是萨特所言，或者是来自一部伊朗电影。看过去逻辑矛盾的语言，却正中我的心坎。以此我知道这个世界上有许多人，大家都过得不容易。

不出门能省下很多钱。不用看到百货公司里拥挤的物质，街头的空气到处充满诱惑。我只定期去超市购买一次食物，栗子蛋糕、全麦面包、红肠、薯片、果汁、大罐大罐的牛奶……全部堆在冰箱里，然后吞食。它们通过食道进入胃部，饱满，充实。我溺爱自己的胃。胃是直接反映人的精神状态的器官。对年轻的我来说，我憎恨贫穷，并以食物对抗精神的饥饿。如果自己仔细反省确实有些可耻。

五一那天，我中午十一点多醒过来，看到窗外阳光明亮，对自己说，可以去苏州。上车。窗外是飞掠的绿色田野和小村庄，车厢电视里放着港产的老掉牙的武打片。我拿出手机看了看，摁了关机。我又睡了一觉。

两个小时抵达苏州。在街头馄饨店吃一碗热腾腾的小馄饨，问路，朝观前街走。窄窄街道，有溜滑的青石板和落光叶子的法国梧桐，街边陈旧的民居，有老人、孩子、狗，安闲地晒太阳。店都是一小间一小间的，从外面望进去，里面一片幽深。在刺绣博物馆买了一张票，隔着玻璃看古老年代的绣衣，站在庭院里听鸟叫，又往前走。在古旧书店买一堆打对折的书。

最后，我在街头买了一只气味香甜的烤红薯，坐在路台阶，一边晒太阳一边吃红薯。吃完红薯我想该回上海了。

回到长途车站买到一张票。等在候车室里，我对自己充满怀疑。我来到这里，最终是为了回去。很多时候我警惕不要去想那些充满相对意识论的问题。包围着我们的，其实是一种绝对的空虚，所有的产生、消耗，都在趋向命定的消失……所有体验过的一切都是这般空虚。那么，人活着又是为了什么。我不清楚时间对人的意义，最后一天和第一天的意义……不幸的是，当我二十五岁，我没有足够的幸运，碰到一个男人把自己嫁出去。却在异乡小站思考这些形而上的虚无的问题。这一刻我对自己的生活有很多失望。

打电话给小至。我说，你在干什么。她说，在睡觉。我辞职了。

小至在淮海路的咖啡店门口等我。再次相见，她没有什么变化，穿着灰黑的棉大衣，走进咖啡店里一脱，里面穿着黑 T 恤。她抽出烟来想点，服务生过来制止，告诉她这里禁止吸烟。

为什么啊，为什么不能抽烟。她抬着头，认真地和服务生抬杠。

因为是店里的规定。

不合理的规定就应该取消嘛。

对不起，小姐。请配合我们。

对不起有什么用，我们可是走了很多路才来这里的……

她跟别人纠缠不休，我只能起身，拿起她的大衣，把她的手一拉，往外走。

我说，别闹了。人家是对的。

有什么对的？抽烟也是一种生活方式。人想怎么活着，难道都不应该得到尊重吗……

我们顶着夜里寒冷的大风，走在街上，小至还在絮絮叨叨。我想，我喜欢她的，是这些本性的天真的东西。我们在车站里点了一根烟，开始研究站牌，想着可以去哪里。

我说，还是去我家里看片子吧。

只能这样了，《碧海蓝天》不错。法国片。还想看一遍。

通常都没有男人的约会吗，我问她。

当然，像我这样的女人，总是以一个难题的形式出现在感情里。

我们去二十四小时营业的小超市里买东西。我买了贡丸，面条，两包红双喜香烟，一瓶苏格兰威士忌。小至摆弄着瓶瓶罐罐看，像个孩子，无措的表情。我们都习惯控制情绪，但是孤独。那些孤独仍旧汩汩流淌，好像一把刀把鲜橙割开，顺着刀刃和手指流淌下来的汁液。孤独散发着它强烈的气味。

你有没有男朋友，她问我。一边在灯光下的玻璃上照自己的脸。

没有。你呢。

曾经有。有时候觉得感情很像一个包裹，背在身上，背了那么多年，却找不到一个人可以把它卸下来。

大概只能等待一个合适的时间和地点，把这个包裹交给一个合适的人。

要等多久……

不知道。可以一边走一边等。不要停在一个地方等。而且，找到那个人的时候，要让他感觉到这份赠予的珍贵。让他知道，你并不是随便给。

那天晚上，我们说的话并不多。小至喝了一点酒。她的酒性不好，在沙发上折腾一阵子，很快入睡。我脱掉她的衣服，把被子盖在她身上。然后把 DVD 塞入机器，开始看她推荐的电影。

电影放了很久。我看到希腊小岛白色的房子，西西里蔚蓝的大海，两个喜欢潜入大海深处的男人。我抽了很多烟，烟灰缸已堆满。中途去厨房煮面条吃。杰克给他爱的女人打电话，女人远隔千里，要他对着长途电话筒对她讲故事。杰克说，你知道怎样才会遇见美人鱼吗。要游到海底，那里的水更蓝。蓝天变成回忆。躺在寂静中，你决定留在那里，抱着必死的决心，美人鱼才会出现。她们来问候你，考验你的爱。如果你的爱够真诚，够纯洁，她们会接受你。然后永远地带你走……

他终于还是离开了深爱他的女子和女子腹中属于他的鲜活生命，独自潜入深深的海底。没有人知道为什么。结尾时，男人顺着控制绳，无声地下滑，一直到黑暗的海底。他独自停留在缺氧寒冷的地方，一束光打到他的脸上。海豚轻声尖叫，在他身边凝望。他伸出手去，随它而去。然后出现黑暗的屏幕，音乐响起。片幕打出一行字，献给我的女儿。导演这个电影的人，把一整个大海的孤独献给了自己的女儿。

凌晨三点，我进浴室洗澡。出来时，看到小至醒来，在厨房里吃我剩下的面条，还给自己倒了一杯白葡萄酒。她说，这是我的第十一份工作，只维持了两个月。

为什么一直做不长。

因为厌倦。太多无聊的人，无聊的事情……她说，能像你这样待在家里也能养活自己就好了。

可是我很穷啊。我也有无助的时候。

我不怕贫穷，只怕自己对什么都没兴趣，走到哪里都停不下来……

我说，先搞清楚自己真正想要的是什么，小至。我们可以失望，但不能盲目。

小至很快开始恋爱。

他们认识大概一个月。他是一家网络公司的业务经理。洋人。来自德国。他有褐色的头发和玻璃球一样的眼睛，长得很高大，名字叫 Frank。那次小至被朋友拉去拍照片。出席某个洋酒派对。人很多。她夹杂在里面浑水摸鱼，拿了一杯马爹利一碟烟熏火腿三明治，走到偏僻角落。他在她的身边，一直看她。看她几近狼吞虎咽的吃相。那天她穿着一条有点脏的牛仔裤，黑色的长袖棉织 T 恤，球鞋，脖子上挂着可笑的照相机。他说，你需要一杯可乐吗。她说，我想喝冰水，或者一杯加冰块的白葡萄酒。他说，那你到底想要哪种呢？她说，也许后者会让我更愉快一些。

于是他帮她取了。一个女人的孤独漏洞百出。仅仅因为一个男人关注她的视线超出了五分钟，因为他看着她可笑的吃饭模样，因为他替她拿了一杯加冰块的白葡萄酒。于是小至对我说，她恋爱了。

我依然一个人。天气慢慢转暖。上海的天气像一件洗完以后晾不干净的衣服，在黏稠潮湿的尘烟中摇摆不定。路上的行人匆匆，生活轨迹很难改变。我经过外滩，去杂志社交稿。偏僻巷子里的一幢旧别墅，楼梯窄小陡峭，扶手上有精工细琢的木头花纹。房间阴冷，窗台边常常有落叶和坠落的花朵飘落。那花朵是金黄色的，花瓣细碎，带着清香，一落就是大片，好像暴雨。杂志社的人告诉我，它的名字是黄金急雨。我未见过这样的植物，它近乎痴迷死去并且姿态优雅。

大多数时候我找不到工作的意义。有一些工作在我看来无聊得接近可怕。或者一些完全可以用机器代替人力的工作，那时人的作用就是暂时代替着机器……我不轻视任何劳动的价值，只是觉得人的生命如果没有创造，一天又一天，奔波，忙碌，消耗，磨损……只为换取维持生存，与其这样，我宁可每天吃泡面待在家里，用微薄收入维持最基本的生存需求。

某个午后，和小至一起，看到电视里对港星刘青云的采访。问他，最想做的工作是什么。那个黑黑壮壮的有酒窝的男人说，想卖冰激凌啊，因为来买冰激凌的都是好心情的人。如果碰到一个小孩，多给他一点，他就会很开心。这是一份很高兴的工作。我对小至说，卖影碟也很好，来买的都是一些失恋或逃避生活的人。看电影会使我们的生活变得不那么重要。其实一切本来也都不是那么重要。最起码不做明星还是可以去卖冰激凌的。

我幻想开一间小音像店。埋头在店里看很新的或很旧的电影，听很新的或很旧的唱片。有一架可以使冬天变得温暖的小火炉，在上面烧开水，煮咖啡。买瓶清酒放在上面温。木桌子，上面种一排仙人球。每天给它们洒一点点清水。它们是容易满足的不贪心的植物。每天都放着电影。《破浪》《天使》《夜访吸血鬼》《惊情四百年》《三轮车夫》《午夜守门人》……不管看了与否，让那些音乐和台词在耳边回绕。好像在空荡荡的舞台上演出。

顾客很多是学生，或者一些白天不工作的人。他们打发漫长的假期，打发不知所措的时间。和他们之间可以有些简单对谈。比如，这片子好看吗。挺不错的。有没有苏菲·玛索的片子。有。这张 CD 能换一下吗。可以……我从来都不善于和别人交谈，但喜欢闻到陌生人的气味，以感觉自己和这个世界还有联系。有时候我想，怎么会这样。两张小小的碟片，里面可以膨胀出来一个迥异而彩色的世界。人的幻想，在现实中的那些不如愿与破碎，仿佛都可以寄托在这里。虽然一关上，那不过是只冷冰冰的硬壳子。

和小至再次见面是在淮海路的伊势丹。那天刮风，天气变凉。她开始出入五星级大酒店，卖弄着她的半吊子英文和老外出双入对。头发变成漆黑油亮的披肩长发，穿黑色吊带裙子，画着夸张的眼线和唇线，一如那些专门和老外混的上海女子，身上有一股香水和汗液的腥臊味道。混得久了，连气息也会相同。她想扮演什么就像什么。

我们在二楼咖啡店找了一个角落。我打量她，说，你现在每天用粉？

没办法啊。不用粉怎么见人？又不是像以前那样，用了也没人看。她拿出化妆镜照了照，自嘲的明亮的眼睛还和以前一样。

那个洋人如何。

他是我生活的一部分。

什么意思。

比如每天早上都要用的牙刷，一把要坐上一整天的舒服椅子……

他应该是有家庭的。会离婚吗。

不知道。

不知道？

为什么要知道。有时候牙刷只能用来刷牙，椅子也只能用来坐……她突然之间有些烦躁，挥挥手说，不讲他了。不要讲他。

她开始絮絮叨叨地谈一些其他事情。洋人的吝啬和天真，想去欧洲旅行……

我掐掉烟头，看了看街上弥漫的暮色，对她说，我们走吧。

她说，不如一起去吃饭。找 Frank 付账。

算了。我有事情。

在停车场，她伸出手来，示意我俯身过去。然后抱住我的头，紧紧地抱住，在我的额头上乱亲一气。我闻到她头发上面带着腥味的香水味道，轻轻把她推开。忍不住对她说，不管怎么样，你自己好自为之。别把你自己想象得那么强悍。她对我挥挥手，隐没在车潮人群里面。我在路边站了一会儿，想着该去哪里。还是惘然。于是独自穿过马路，去街角的小店铺买一杯奶茶。骨头都会哆嗦的寒冷让我有些退却。想了想，决定喝完奶茶回家睡觉。

小至再次打电话给我，又过了一段时间。她说她和 Frank 分开了。他要回国。

她那天打车过来，敲开门就倒在地上。我拖她进房间，脱掉她的衣服和鞋子。看到她背上的鞭痕，不是很重，诡异颓靡地绯红着，身上还有文身。突然觉得很烦躁。从浴缸里放出一盆冷水，手舀了水洒到她头上。我说，你动不动脑筋啊。要陪洋人玩。人家是来寻开心的，你还以为你真能跟他出国去。

她说，不是你想的这样。他应该是爱我的。他们的爱和我们的不一样。

什么叫不一样。他做爱的样子跟谁都一样。你还在自欺欺人。

她是个无聊的人，我也是。我并非不清楚，我们因为彼此的无聊才会在一起。我想，我是在生气我们两个人在一起，彼此了解，却对各自的缺陷、对生活的缺陷，一点办法也没有。

她还是睡着了，爬上我的床，身体蜷缩得像一只动物。我把被子盖在她的身上，关掉灯，走到外面客厅去看碟片。

阳光灿烂的午后，他看到被水淋湿的少女。踌躇地走在夜色的回廊上，小心翼翼地想象她的身体。一树梨花压海棠，良辰美景，只是瞬间。他期待她柔软的嘴唇，花朵般贴近他的脸颊，愿意为此而陷入深渊不得翻身。而最后站在他面前的，是一个怀孕的陷入贫穷和平庸的女人。在尘土飞扬中含着眼泪落荒而去。所有的快乐，只是罪恶。洛丽塔抚摩着自己隆起的腹部，容颜憔悴地对他微笑。她说，我不爱你，抱歉我真的是不爱你。她所有的叛逃和拒绝，都是为了证明她不爱他。爱她是他一个人的事情，不是她的。

他的眼泪，掉下来。这种情感的爆发，需要演员极大的张力控制。很多演员表情丰富，形体夸张，可是在表演的中途就能量失散，只能疲惫地退却。如果让杰瑞米·艾恩斯演话剧，对观众来说，是一种损失。试想镜头放大，慢慢地推进。他平静怅然的面容占据着银幕。深蓝的眼睛，涌动着空洞回声的潮水，两条深不可测的法令纹，隐藏的痛苦，薄薄的嘴唇颤动着，颤动着……只是依然无法言语。那张脸写满了破碎，却无法被抚摩。有这样一张脸的演员，只能出现在摄像机的面前。

第二天，我醒过来，看到小至已经起床。她在做早餐，穿着牛仔裤和松松垮垮的黑色长袖T恤，头发在脑后绾一个髻，把自己收拾得很干净。宿醉让她脸色苍白，但她的眼睛恢复清澈，神情愉快。她说，乔，我昨天梦见自己走在路上，远方有歌声传来，让我惊奇。我想出去旅行。

去哪里呢？

也许先去云南丽江？听说那里有很多外地人定居。开个小酒吧，每个晚上看河水上的红蜡烛顺流而下。

她右手轻轻抚摩着左手腕，把袖子翻过来给我看，说，我曾经尝试过自杀。不知道自己到底要什么。有时候，不知道这个问题是件太可怕的事情。她低下头微笑，我懒得动脑筋，真的，我对任何事情都是这样的。只是一直想把那个背了很久的包袱放下来……

我说，你知道自己喜欢什么样的男人吗。

可能是像杰瑞米·艾恩斯一样，很内敛，有一点病态地去爱一个女人……其实我只要他好好对我。很珍贵地对我。

读小学的时候，老师带我们去游泳池。炎热的夏天下午。游泳池外面的夹竹桃绽放粉白的饱含毒液的花瓣，开得好像要睡过去。栏杆外面有几个孩子趴着脸一边舔着冰棒一边盯着人看。蓝色的天空被阳光照得烧灼起来，我穿着泳衣站在水池当中，手足无措。我不会游泳，但想装模作样地泡在水中。水波柔软而持续地晃动，带来隐约的恐惧。我小心移动着自己的脚步。突然有人游过来，莽撞地踢我一脚。我尖叫一声，立即仰面摔了下去。

我不知道自己是否挣扎或呼叫。只感觉自己即刻陷入一个寂静而无限洞明的世界，我的头发和四肢慢慢地舒展开去，像被抽离控制线的一具皮影。水在瞬间覆没我。我听到耳朵里气泡咕咕上蹿的声音，血液变成黑色的岩浆提高温度，恐惧在心脏中四处撞动找不到出路。绿色的水波和光线在头顶上晃动，呼吸和控制力在空虚中消失。喉咙和胸腔爆裂出鲜红的花瓣。水把我封锁起来，一层层纠缠和包裹。

当脚无意中突然踩到地面，一股力量把我的身体往上顶，我的头伸出水面。我听到哗的一声，水收回它包裹着我的强大力量，收势而去，只有刺眼的阳光让我睁不开眼睛。身边的世界依然如故，没有丝毫变化：碧绿的池水其实才到胸部，像一双轻佻的手，不断撩动我的皮肤。身边是快乐无比的同学们，他们在水中像鱼一样地跃动，折腾，扑出喧嚣的水花。

我独自慢慢爬到池边，看着水从我的头发、皮肤和泳衣上滴落。我的手指还在抽搐，喉咙和胸腔剧烈地疼痛。那是一个阳光明亮的夏天午后，我八岁。在短短数十秒里，我直接逼近死亡的领地，穿越黑暗的隧道回到彼岸。后来我再也没有学会游泳。

我知道那些隐藏在心里的恐惧会慢慢变成柔软的绳子，捆绑住我们。对生活的欲望亦然。这件事情我还没有机会对小至提起。

深夜，我横穿城市中心的广场，走下台阶，在地铁站等待最后一班地铁。站台上空旷，一些陌生行人等待在那里。我经常不动声色地观察陌生人，看他们像鱼一样穿越过我的身边。有时我能够分辨出某些同类，我们彼此交会，不发一言，就此错过。我想起小至，想起我四处游荡的朋友。她去远方继续寻找想要的东西，试图把她背负很久的包袱卸下来，而我依然在电影和文字的幻术里寻求与现实和谐共处的方式。目前这是我用以抗衡生活的唯一方式。

六月，城市阳光开始刺眼，天气炎热持续，再也不会有突然的阴雨或寒冷。房子后面的橘子树林传出蝉有恃无恐的叫声。我在房间里没日没夜地开冷气，走来走去，抽更多的烟。失眠的时间变得漫长。我总是以为自己会对流失的时间和往事习惯。不管在哪里。碰到谁。以什么样的方式结束。

只是四月邂逅的小至就这样在城市里消失了。

音像店男人

六月份，我碰到靳可。他从电影学院导演系毕业，执导过几部实验性的小制作片子。他想拍我的小说。

我知道媒体上宣传这一个圈子的时候，习惯加上"新锐"这个定语。但是我没有看过这些人拍的电影。我不知道靳可在拍什么样的电影。我们在咖啡店里见面。约在早上十点。这不是一个合适的时间，通常我凌晨睡觉，中午起床。那天虽然什么都没吃，匆匆往地铁站跑，还是迟到半个小时。咖啡店还没到高峰时候，店堂空荡荡，很安静。推开门看到角落里一个光头男人坐在那里抽烟。

他穿黑色 T 恤、黑色仔裤、黑色跑鞋。身边的椅子上放着一只黑色牛皮包。我径直走过去，对他说，我是乔。他的眼神略有惊异。这个不奇怪。我的读者总把我想成一个都市时髦女郎，但是出现的却是一个神情困顿，衣着邋遢，似乎刚从大学宿舍里跑出来的女生。我让咖啡店小姐帮我端双份意式浓缩咖啡和巧克力蛋糕，一边点了一根红双喜。

他先看我把那盘蛋糕吃完，然后从大皮包里找出我曾经出版的一本小说。那本小说曾被大量盗版，以极其低廉的价格在校园里和小书摊上倾销。他说，我得承认，我不是很了解你。但我听很多人说起，他们把这本书放在枕边，睡前读几页才能安心入睡。

我说，我并不崇尚把文学神圣化。任何作品都不该在智力和感情上脱离读者，贬低读者，让他们无所适从。好的小说，不过是一帖良药，或一针吗啡。或者救助，或者抚慰。

你似乎是个悲观主义者。

我只是习惯在虚无中钻牛角尖……和精神病的某种起因类似。我感觉自己有些捉弄他。

电影能够表达虚无吗？

不用表达，只做展示就可以了。镜头都是展示，风中飘落的树叶，一张白纸，一颗水滴……万事万物。禅说，梦幻空花，何劳把捉。但在现实中，我们终究还是需要四处奔波觅食，为自己寻找栖身之处，并让自己感觉平静一些……

我突然之间有些失望。我总是能够从微小的一句话或一个细节里判断出某种气息。也许他不是我的同类。他的眼神和神情里没有敏感，及一个敏感的人所具备的紧张。敏感的人都需要某种逃遁。戴墨镜，长途旅行，深居简出……这都是方式。很多人在使用，绝非时髦，而是心理需要。他也许会是一个技术得当的导演，但不会创造出一部能打动人心的电影。后者即使只是设计打在桌子上的一束光线，都应该有自己对这个世界的理念和认识。也许他可以模仿或博取众长，拍出一部很卖座的商业片。但他不会了解我的小说。

我们讨论一些构想，天马行空，一无所获，然后在咖啡店分手。我对他说，我需要考虑。要么不做，要么做好。没有人给我时间。他说，我知道。你是个完美主义者。他给了我名片，我放进牛仔裤的裤兜里。我不觉得我们的见面有什么结果。我对他说了再见。

我独自在淮海路闲逛到天黑，然后慢腾腾走向地铁站。被热气蒸发着的城市渐渐平息下来。地铁站挤满人。附近的书店和小店铺可以打发很多时间。有一种拍照片的机器，丢进去硬币可以对着镜头自己摆姿势。一些无聊至极的人在那里自娱自乐，做鬼脸或装酷的表情。拍出小小的黑白照片，贴在手机盖子上、杯子上。我也进去拍了几张，把照片塞在裤子后兜里。然后我夹在人群里进入车厢。地铁穿行，发出金属碰撞的刺耳叫声。

人民广场站是乘客最多的一站。门一打开，潮水般黑压压的人群涌进来。大部分是外地民工，扛着肮脏的散发着异味的行李。他们头发蓬乱，穿着时的散发着气味的衣服。脸色灰暗。和行李蜷缩在一起，屏住呼吸。地铁将把他们送往火车站，送他们离开这个城市。他们曾在这个庞大的城市里生活，在卖早点的摊上炸油条，制作拉面和馒头，在建筑工地搬砖头……每个人都在为生存出卖着时间和身体。

即使是在高级写字楼办公的白领那又如何。开上十几个小时的会只能抽空泡一包方便面当作晚餐，领取高额的薪水，然后在淮海路连卡佛百货买奢侈品安慰辛劳与虚荣。我们带着强盛而盲目的欲望。也许有若干所得，也许一无所获。大部分人不过是在营营役役、混混沌沌地生活。并未从永恒之中取得余地。

我想象一个被注视的距离突然无限延伸，穿越城市，穿越大气层。从太空往下看，这只是一颗孤独而傲慢的蓝色星球。每个人走在既定的路线上，只有那些有预感的人才会有惶惑。而注视着我们的又是什么呢……

我不喜欢生命过于圆满。不喜欢完美无缺的人。不喜欢性格坚不可摧。人的生命是丰盛的，也是有缺陷的，缺陷也许是灵魂的出口。

地铁到达终点站。上海火车站。穿过地道，走到灯光通明的广场上。在广场旁边的小店铺里，买了一份三明治和刚出版的一份报纸。买报纸是因为上面的填字游戏及漫画。我拿着报纸，咬着装在保鲜纸里的三明治，走向横跨马路和人群的天桥。在天桥楼梯旁边的角落里，一个光着双脚的男人蜷缩在凉篷下面。穿着衬衣和西裤，西装皱巴巴地扔在地上。西服是深蓝色的，袖子上有制服的商标。他俯躺在地上，嘴巴下面有一大摊呕吐物。因为这里没有灯光，在阴影里看不清楚脸，只看到皮肤惨白，像一具尸体。但凑近看，他偶尔还有间歇性的轻微抽搐。

很多人在他身边经过。双脚疾速地掠过，没有人稍作停留。灰尘和尾气交织的污染空气混合着肉体散发出来的汗酸味，每个人都在神情惶恐地赶路。一个矮胖的中年男人停下来，手里拎着一只公文包。他围着地上的男人转了一圈，然后咧开嘴巴对我短促地笑了一声。他说，这个人吸毒，没救了。然后他上了天桥楼梯。

我又坐地铁到人民广场。在饮料车那里买了一杯热红茶。夜色中大楼灯火灿烂，我爬上草地旁边的台阶，坐在那里喝完红茶，接着抽了一根烟。我把喝空的红茶塑料瓶子对准垃圾桶丢过去，瓶子碰到铁皮桶，发出"哐当"一声突兀的声音，惊动树丛中一对在亲昵的情侣。我跳下台阶，慢慢离开黑暗的广场。

繁星闪烁的夏日夜空，骚动而沉闷。空空如也，无药可救。我在马路上张开手臂，像鸟一样尖叫一声，撒开腿跑过去。

夏天是我的休眠期。从六月份开始，只要在电脑前坐下来，就会让我有一种呕吐感。外面太热，无处可去。能做的事情就是睡觉和阅读，及不断地做食物给自己吃。独自在房间里过上一轮又一轮的二十四个小时，感觉意识渐渐失去重力。我在房间里走来走去。想着如果自身的分裂能够维持变化，那么我能感觉到我的身体和灵魂，像花朵的重重花瓣逐层打开，像细胞的蠕动和繁殖。唯一的方向只是加速死亡。

失眠时再次上网。网络是科技对人类有益的最好证明。很多有趣的东西。一个上海的读高中的女孩写了一封给自己的情书。北京男人拍了刚出生的女儿的照片扫描上去。还有人写长长的爱情小说，贴在上面免费展出。你可以在上面购物，谈恋爱，吹牛，骂人，结婚，聊天，做爱，打牌，下棋，听音乐……随时有整个地球的陌生人在网络的另一端出现。向你问好。和你做伴。与你争执。对你说我爱你。

更频繁地去借片子看。让电影一轮一轮地在失去睡眠的夏天夜晚如花朵一样盛放。日本片，欧洲片，港台的艺术片，岩井俊二，北野武，宫本亚门，松冈锭司，王家卫，陈果，关锦鹏，叶锦鸿，崔允信，黎子俭，马克斯·奥夫尔斯，楚浮，高达……

我穿着皱皱巴巴的粉色棉裙，一双木拖鞋，晃晃悠悠，抱着DVD的盒子走在去音像店的路上。做了一张租借卡，几乎每天都去。顺路会买一份《看电影》，了解全球的电影票房排行榜。幸福始终充满着缺陷。生活平淡无奇，并无任何奇迹发生。朝着街道一直往前走。经过超市、花店、报亭、洗衣店、菜市场、蛋糕店，左边拐弯，进入一条逐渐狭窄的巷子。那里有成行的浓密樟树，散发出刺鼻清香。

在零碎而紧密的小店铺之间，有一个刷成黑色的有阁楼的木头小屋。门上有一块木牌，用白色粉漆写着"1937"。这个店是四个朋友合股开的。"1937"是每个人出生的月份加在一起。经常在那里值班的是卓扬,一个双鱼座男人。二十七岁的上海男人。有时候他接些单子做软件。但大部分时间都是在这个店铺里。

店不大,排着疏落有致的黑色铁架。左面放着欧洲艺术片和老电影的碟片,右面是古典和摇滚 CD,中间散放着些 DVD 和卡带。DVD 基本上是清一色的亚洲、欧洲艺术电影。四周的墙壁贴着海报,临窗放着一张松木清漆的长桌子,上面放着八盆形状各异的仙人球。卓扬管着这家店。他穿黑色的大 T 恤、旧牛仔裤和球鞋。头发剪得短而干净。温和的脸。

我注重每一张陌生的脸所带给我的直觉。在有些脸上能看到残缺的纹路。有些脸上交着时光的阴影。有些脸上是经年的雨水和潮湿。而他的脸上只是干净的阳光。

店里放着音乐。卓扬轻声跟着哼唱,一边手脚麻利地登记,收钱,或者用褐色的再生纸把 CD 包装起来让学生拿去当礼物送。他的收银台不是普通音像店里那种围起来的高而窄小的台子。是一只松木柜子,做了很多个小抽屉,抽屉上有细麻绳做的拉扣。一只红色陶罐,里面总有糖果。常来的顾客会知道在里面能摸到水果糖或巧克力吃,会在等待的时候,伸手进去摸糖果。卓扬说,里面有今天的好运气。

我们熟悉得很快。我在他那里会逗留很长的时间。有时候也帮他管一下店铺,当他出去办事,我坐在那张松木桌子后面,看小店里的人来人往。大部分顾客是附近学校和住宅区的学生。年轻男孩和女孩的头发和身体的气味,带来有微微生涩的感觉。我和他们说话,在帮他们放唱片和包装的时候,看他们清澈的眼睛和笑容。我离群索居的日子已经很久。陌生人的气味让我兴奋。

　　他们都很年轻,有一双挑剔的不喜欢忍耐的眼睛。他们看很多的电影,从此会对这个世界更加地不耐烦。

　　有时候中午我们一起吃饭,叫的是附近的盒饭。坐在小板凳上,两个人低着头吃饭。盒饭里面有青菜、蘑菇、荷包蛋和排骨。我把排骨夹到他的饭盒里,又把他饭盒里的蘑菇夹过来。吃完饭看着店门外面的正午夏日阳光。阳光下有散步的狗疲倦地走过去。樟树在风中轻盈坠落满地的花瓣。满满一屋都有树叶的清香。我们抽烟,喝冰镇可乐。店里空荡荡的,已经没有人进来。

　　店里放着日本的Kiroro,那个高亢得接近透明的声音在唱,神啊,我好不容易终于爱上了一个人,我总是若无其事的样子,我想说的话你也不一定想听……我说,跳支舞,卓扬。他站起来,笑着看我,他说,那就放一支舞曲。放你喜欢的爱尔兰风笛。

　　空荡荡的店堂里。阳光一缕一缕地晃动。一支烟还夹在我的手指上。他的嘴唇薄薄的，有温情而清秀的线条。我看着他，轻轻把脸俯过去，靠在他肩上。黑色的棉 T 恤很柔软，散发出男人淡淡的汗味。当我们分开身体的时候，我看到手指间的烟已经成了一截长长的烟灰。有几次，夏天突如其来的大雨会在不知不觉间，哗哗地下了起来。

就是这样。六月的时候，我有一个朋友。是开着一家有音乐有仙人球有糖果的店铺的双鱼座男人。他有女朋友。但是不常来。我在那里给他的仙人球浇水，擦桌子，扫地，有时候一个人看文德斯的《德州巴黎》，一边看一边在优美的音乐和金斯基的蓝眼睛里流泪。我用手背擦眼泪的时候，卓扬就笑嘻嘻地走过来说，傻女人，把他大大的手盖到我的脸上去。

他有个女朋友叫羊蓝。是个漂亮的上海女孩，大学同学。毕业以后在一家日资公司做秘书。双休日她会过来，在那里吃水果，看一下午的电影。关于他和羊蓝的事情，这对我不重要。双休日的时候我不在那里停留太长时间。那个女孩子有张充满欲望的脸，喜欢奢侈品，一双眼睛熠熠发亮，仿佛把所有得失都看在眼里。她让我感觉不舒服。也许是因为她对现实过于关注和界限清楚。我不愿意去看她的眼睛、嘴唇和笑容。这和卓扬没有关系。

他们会有争执。卓扬偶尔对我提起，说羊蓝一直希望他能够进入大公司去工作。她把他开店、业余做软件的方式称为混日子。

他说，其实我也喜欢做软件。但不喜欢整天受别人限制。

我说，钱多一点，她的抱怨会少一点。

这个店维持在这里，大家也是因为有兴趣。赚钱是其次的。

女人对爱她的男人不这么想。如果你现在不能满足她，请加油。女人的愿望不能得逞，不会消失，只会增强。

我本来不想把话说得太尖锐。羊蓝这样的女子，很明显她需要一切打着奢侈品商标的化妆品、套装、鞋子和皮包……每周最好能去健身中心和美容沙龙，成为其中的会员。来回有高级轿车的接送……即使在校园里有些许青梅竹马的爱情，一进入现实的社会，很快就被吞噬。她在市区最高级的写字楼上班，也是身不由己，并无过错。

这个穿黑 T 恤、牛仔裤和球鞋的男人能带来什么？他明显已跟不上她的脚步。

事情还是来得比较快。那是个雨天，阴雨已持续近一个星期。我干脆足不出户，躲在家里睡觉，看片子，对着电脑写东西。我关注电脑里的业务邀稿信，关注哪本约稿杂志的发行量大，稿酬高，付款爽气，编辑较为亲切。又接了几个专栏，同时开工，力求精益求精。我想我的敬业态度比在办公室里心不在焉的人要专业得多。

写作唯一的好处，只是可以远离人群，远离所有的尔虞我诈和是非。对这些纠缠我没有耐性，也不想去研究。我看到过很多在大公司里任职的人，心里算计得跟明镜一样。例如羊蓝。那是我不愿意去参与的人和环境。傍晚时，雨下得大，我也正写得酣畅淋漓，听见手机嘀嘀哒哒地响。卓扬打来电话。

乔，你在？

我说，你在哪里？

在衡山路。

你怎么了……

他沉默。我听到哗哗的雨声。他一直不说话。我心里大致已经明白。我说，我先过来再说。你等着。

我关上电脑，拿出外套就往下面跑。已经好几天没有出门。在镜子里我看到自己脸色憔悴，嘴唇失色，头发粗糙，浑身散发出一股潮湿发霉的味道。但这一切不重要。卓扬在伤心。他被自己或被别人伤害了。

下车赶到他告诉我的地点，我看到卓扬站在街角，双手插在裤兜里，头发和衬衣已经湿透。他说，我和羊蓝吵架了。

这不是常有的事情吗。过几天就会好。

不……这次不同。今天是她生日……那你去找她啊，带她出来庆祝。她和她的老板在一起。一个日本人，四十多岁。我很早就知道他在追求她。他们现在在一起……还有她的同事。他们在钱柜唱歌。

我看着他。我知道他们两个人该说的话应该也已经说绝了。这些问题是他无能为力的。只是他在伤心。我说，走。我们找她去。

我不知道。我不知道要不要去找她……我很难过。这个温和的喜欢犯糊涂的双鱼座男人。这个种着仙人球不理解感情和现实的男人。他哭了。

我们打的到那家卡拉 OK 店。羊蓝和她的同事朋友们包了一个房间。她的老板也在，一个矮个子的日本中年男人。一屋子喧哗的男女，高声地唱卡拉 OK。可是羊蓝对我们置之不理。我点了一根烟，靠在门框边的角落里。卓扬向她走过去。这个伤心的男人，他说，羊蓝，你跟我走。

羊蓝，跟我走吧……跟我走好不……我看着那个女孩一脸冰霜，站在她日籍老板的身边，而众人均以异样的眼光扫射着我们。

羊蓝说，你出去，我们之间已经完了。她略带恐慌地回过头去，对那个日本男人说，他是我一个朋友，常常喝醉闹事。她在解释。

我走上去，拉住卓扬的手臂，说，你到一边去，卓扬。

我转过脸对羊蓝说，这个男人现在和你没关系了。他对你付出过的真心，为你耗费过的时间精力金钱，对你承诺过的海誓山盟，现在都一笔勾销。如果你不能理解什么叫形同陌路，那么我来演示给你。我从桌上拿了一个啤酒瓶，把它用力砸在她前面的地上。玻璃碎片和泡沫飞溅，在混乱的尖叫声中，我拖起卓扬带他下楼。

走到外面，才发现自己的手指流血了，大概是被玻璃划的。我问身边那个失魂落魄的男人，你有烟吗。他给我点了一根，放在我的嘴唇上，又给自己点了一根，闷头抽烟，我们站在大雨滂沱的街头等出租车，寒风让我发抖。

你的手指流血了，严重吗，他说。

不严重。我看着他，我把他的头抱过来，抚摩他湿透的头发，我说，你回去好好睡一觉，或者喝点酒，洗个热水澡。其实一切没有什么。也许你并不足够爱她，你只是爱你自己。舍不得让你自己受一点点伤。

我很难过，乔。

我知道。但过一段时间就好了。不会太难。其实这是容易发生容易忘却的事情。不要把它看得太严重。

就这样卓扬失恋了。在那个夏天。紧跟着来的倒霉事是，店铺因为越来越有口碑，招来了记者采访。记者把店铺报道在这个城市最流行的时尚周刊上。于是工商管理局也知道了，要来追查。他们只好先关起门来躲避一段时间。

卓扬空闲下来，终于决定去面试。跑到一家家软件公司。如果通过的话，他将重新开始过朝九晚五的生活。我说，这样很好啊。事情一多，就不必追忆往事，长吁短叹。卓扬神情压抑，一个人低着头闷声地踢着路上的小石头。他曾经是个快乐的男人。但是快乐太单纯，容易破碎。

走了一段路，他突然对我说，乔，羊蓝前段时候来找我了。

怎么了。

上周。她等在我家门口，在哭。对我说，我怎么可以这样就丢下她不管……

她在那边肯定有所碰壁。卓扬。她需要安慰，不是需要你的爱情。你要明白。

是。我明白……乔，你一直如此清醒。

那是因为我从来不自欺欺人。卓扬。我只看真实。

我准备去宜家买点家具。那一天，我的心情有些消沉。独自坐地铁去万体馆。去宜家家居对我来说，其实算是一项休闲活动。我的生活时有窘迫，但还能保留一些奢侈的习惯。比如可以选择一个下午，坐地铁贯穿大半个城市。只为了去看家具。

宜家生意兴隆。很多人拎着黄色的大购物袋，心满意足地拿着木板藤条篮玻璃瓶木头相框往里面塞。我梦想中的卧室有一张四柱木床，环形挂圈垂下蕾丝纱帘。雪白枕头和垫子，缀满细巧的刺绣蕾丝花边。装着清水的玻璃瓶，浸着栀子花的花朵和绿色叶片。至今我还没有碰到一个可以把家的概念放在他身上的男人。没有一个男人让我感觉到"家"，甚至不奢望他有钱或可以娶我。只要一个房间能够把我喜欢的东西搬进去，让那个人和我分享。

想起以前和小至在一起的时候，我们在地铁站附近买到大束便宜的鲜花。她抱着满满一怀的玫瑰和百合，叹着气说，回家就我一个人看着它们，就我一个人……毫无疑问，我的大半辈子也许还是会在不同的租住屋里流离失所。睡着它们提供的散发出陌生气味的床。

买了一个书橱和胡桃木储物柜子，三罐清漆。再买了一张伊朗手工纯羊毛地毯，深蓝和草绿交织的颜色。叫了一辆货车，把那些装着木块木条的硬纸箱搬回家里。接下来就是要按照里面的图纸开始油漆和拼装。做完油漆已经天黑了。没有办法做饭，接着干。但那些螺丝木块终于让我沮丧起来。我并非是组装一只航空飞机模型，而是高大的原木家具。我的手指破了，流出了血。

坐在一大堆散乱的木板里，我给卓扬打电话。从来没有主动给他打过电话，邀请他来我的家里。但那天晚上我做了。我饿，累，心情低落。卓扬半个小时之后赶到我的家里，用了两个小时整理完所有的东西。然后走进厨房开始为我做晚饭。

我说，我出去买点东西。我的心里感动，那种感动让我不适应。这个男人帮我做好了所有麻烦的事情，他在照顾我。走到夜色里，慢慢踱步，眼泪暖暖湿湿地流下来。没有声音，好像仅仅只是一些莫名其妙的液体。我用手背擦掉那些液体。路过超市，买了一瓶苏格兰威士忌，一条红双喜香烟。

那个晚上我们在一起。在我的房间里。从没有男人来到过这里。

我自己住。但是那个晚上，一个男人给我做了晚饭。吃饭对我来说，是非常私人的行为。如果单独两个人吃饭，通常他们的关系已具备亲密的前途。很久以前看杜拉斯的电影《情人》。那个瘦小而眼神灼热的女孩，和男人做爱以后跟随他去餐厅吃饭。她贪婪的吃相，手抓着食物，大口地咀嚼。眼神躲避着那个男人。非常可怜。她的身体刚刚已经是他的了，再没有什么欲望可以对他隐藏。食物是最激烈的欲望。

我看着摆在餐桌上的菜：西红柿鸡蛋、清蒸鳊鱼、青豆虾仁，还有蘑菇豆腐汤。简单的家常菜。卓扬把袖子卷下来，说，我不会喝酒。我说，就喝一点点。我给他倒酒。房间里一如既往安静，但现在有了一个男人的气味。这种气味使空气变得温暖。这顿饭我们吃得很慢。他对我说话，说他和羊蓝以前的故事，一边说一边哭。他说，他肯定自己已经不会再接受羊蓝。他原谅过她很多次，这一次已走到绝壁。他喝很多酒，说累了，也喝醉了。

我很清醒，清醒地聆听着他，为他倒酒，和他一起喝酒。看着他哭。时钟指向凌晨两点，外面下起滂沱大雨。

大雨敲击在玻璃窗上，发出钝重的声音，惊心动魄。我想起以前常常做的一个梦。一个人抱着被子在夜色中走，天很黑，风也寒冷，我不知道自己去哪里，却一直在那里赶路。在路边等出租车。车子不来。我又继续走，渐渐觉得无助，兵荒马乱。我心里藏着那个愿望，想找到那个地方把被子铺开好好睡觉。但是走不到。这是一个理所当然的噩梦。再没有比它更让人灰心的象征。

我把卓扬扶到床上，脱掉他的黑色 T 恤、牛仔裤和球鞋，用浸了热水的毛巾擦拭他的身体，用被子盖住他。整理厨房，把碗洗掉，倒了一杯冰水，站在玻璃窗前，看着大雨慢慢喝完水。街上路灯一片模糊的黄晕，没有一个行人走过。我走到床边，把衣服脱掉，躺在卓扬的身边，轻轻把头埋在他的颈窝里。

直到那一刻依然没有想过做爱。只想这样贴着他的身体，感受他肉身的温度。我们不是对情欲无法自控的人，他洁身自好，单纯干净，看不到情欲的阴影。但窗外大雨汹涌而盲目。

也许只是因为大雨。

他的呼吸有柠檬的清香，那是体内肠胃健康干净的男人才会有的气味。是一个存留着单纯而脆弱的幸福的男人才会有的气味。他跳动的血管传过来热情，是深深海底的鱼群向我游移，用甜美的嘴唇碰触我，银白的鳞片迷乱闪烁。我们镇静下来，像被潮水冲上岸的鱼，看着彼此无辜的身体。他转身下床，走进冲淋房。

打开灯看看时间，是凌晨四点多。大雨变小，只听到淅沥的残余雨声。我走到玻璃窗边，点燃一根烟，看到外面深蓝色的雨后夜空。想不出前一次做爱是在什么时候。也许是在很久很久以前。有一段时间对男人的身体没有兴趣，只是喜欢和小至在一起。和女孩子一起在外面四处晃荡。

卓扬走出来，他收拾得很干净，神情还有些尴尬。我说，听点音乐吗。他说，不，乔。让我想想。我说，想什么。这并不意味着什么，不要给自己套上圈套。他说，我知道，你从来对什么都不在乎。我说，今天是我的生日。本来不想告诉你。我在生日的时候总是心情不好。他说，希望你能够快乐。乔，我想我能带给你的东西不多，我很清楚。我只是不知道你为什么对一切都无所谓。

他走了。我起身去小冲淋房洗澡，热水顺着身体的肌肤往下流淌的时候，感觉到深深疲倦。躺回到床上，把酒瓶里剩余的酒全部喝空。拉开被子，扎扎实实地睡下去。不知道睡了多久，尖厉的电话声音把我吵醒。迷糊地接过电话，看看时间，是中午十一点多。电话里是靳可。那个拍电影的男人。

他说，乔，我还是对你的小说有兴趣，或者你也可以尝试重新写一个故事。如果你觉得我们可以合作。我的几个朋友都对我提过，说应该和你联系。

我说，你到底有没有认真看过我的小说。

没有。他坦白地说。我只看剧本。

那你怎么知道我们合作肯定会好。

我有直觉。他说。希望你有空能来北京，我们再详细谈谈。你的新小说可以现在构思起来吗。

好吧，我想想。我挂掉电话，想回到被窝重新睡。刚睡了两分钟，电话又响起来。这下我被彻底被惊醒。这个倒霉的早晨。

乔，我被录取了。一个香港公司。卓扬清楚镇定的声音，他说，昨天你生日也没有替你庆祝。今天晚上出来我请你吃饭。

我去淮海路等卓扬。跳上了一辆公车。车厢里很空。阳光透过玻璃窗猛烈地照在脸上，使我昏昏欲睡。我挣扎了一番，还是睡了过去。

我的梦在继续。这一次看到自己抱着被子，走出房间。门外是紫色的山谷，翠绿的河流。有个男人慢慢地走过。他的衣服掠过我的脸，熟悉气味像风一样掠过。心里颇费猜疑，忍不住跟着他走。我们慢慢地走，走……我问自己，为什么感觉到紧张。他即将上山。等在入山的小路口，背影朝我。我想，他要带我去吗，心里惊跳不已。突然抬起头，看到天空是血红的。血红的天，白云像棉絮一样大团大团疾速掠过。这景象让我无法呼吸。魂魄要被吸了去般地空掉了。

悚然地睁开眼睛，看到阳光里的空气尘埃飞舞。梧桐树招摇着绿色的大叶片，我的眼睛一阵刺痛，眼前飞舞黑色的阴影。看看周围，依然是空的车厢和面无表情的几个半途上车的人。摸到额头上的汗，天气开始热起来。我下了车。

为了安慰自己，走进百货公司。很久没有买新衣服，也不买化妆品。除了香水，买来也只是放在抽屉里，在一个人的时候喷在手腕上闻着玩。在上海男人的眼光中，我应该是那种极其邋遢和粗糙的女子。在巴黎春天看到一条刺绣的棉麻白色连身裙。摸在手里，微微硬挺的柔软触感让人心情愉快。一个胸前扣着工号牌的女孩子满脸戒备地走过来，提醒我价钱。一千三百五十元。我对她笑笑，然后离开。

有新款的香水是百分之二十的茉莉和百分之八十的樱花味道。Cherry Blossom。这都是容易枯萎的花朵。包装纸盒上描着一朵一朵粉红色的樱花，美丽至极。不敢碰它的试用装，怕自己动了占有的念头。放下它心情愉快地走出了店堂。

大街上，常看到那些不厌其烦的男人。一手拿着大包小包，一手揽着女友的腰，说话的腔调缠绵悱恻。沪腔的发音柔软而余韵袅袅，一切都在欲推还迎中。说着上海话的上海男人，他们有莫名其妙的地理优越感。懂得如何跟随潮流气息地吃喝玩乐和打扮。有暧昧的感情，容易喜欢女人，但不容易付出自己的全部。他们是自命不凡又备受压抑的男人，有许多微妙的值得玩味的地方。

现在我认识的上海男人出现在我的面前。卓扬穿着黑衬衣和黑色的西装，他说他刚从新公司回来。我笑。他脱掉西装，把它搭在肩上，脸上的表情还是快乐的。他说，你不要笑，以后就会看习惯。为了它的薪水不薄，我自己已经先习惯了。先请你好好吃一顿。

逆光站在夜色中，他的脸散发出陌生而温情的味道。我们沿着步行街走，看百货公司的橱窗。他对我说着他的公司，絮絮叨叨，略显兴奋。我们走去日本料理店吃寿司和生鱼片。他说，羊蓝又来找他一次。那个日本男人有老婆孩子，根本就没打算认真。突然想起小至。很想念她，不知道她现在到了哪里。她没有打电话给我，大抵是日子过得过于幸福或者太不幸福。

每个女子都曾经有过灰姑娘的梦想。以为自己坐着一辆南瓜变成的马车就可以找到王子，只因为本身何其贫乏。

我说，你拒绝她了？

是。我对她彻底说清楚。你看，卓扬。爱情不过如此而已。是。有些爱情不过如此而已。

他坐地铁送我回家。在地铁站出口他买了一只哈密瓜给我。他说，你应该多吃点水果，你的脸色灰暗，皮肤很干燥。我说，抽烟抽多了。不抽又不行。我把那只瓜接过来，抱在怀中。他是一个温情脉脉的双鱼座男子。他对身边的女人都很好。

我说，我们在这里告别吧。给我一根烟，点上。他点上了，放在我的唇间。我笑笑，叼着烟，侧过去用我的脸贴他的脸，算作吻别。

他沉默着，然后就是在这个时候，他拉住我。阴影中看不清楚他脸上的表情，只听到他说，嫁给我，乔。

我说，好，没问题。

他说，我一直都很喜欢你。乔。

这句话就似乎有点严重。我说，不要开玩笑。最近我没心情。

我真的要娶你，乔。我希望能照顾你。你很聪明，却让我怜惜。他从口袋里摸出一瓶香水给我，说，你可能会喜欢，樱花味道。今天早上买的。

我手里抱着一只硕大的哈密瓜，捏着一瓶香水。叼着一根烟，独自走上楼梯。腾不出手来开走廊灯，又懒得放下瓜，就在漆黑中摸索，一步一步小心向上跨越。脑子里掠过很多问题，问自己，是要这样一辈子写字养活自己，还是让另一个男人来和我度过余生。哪一种方式会让我感觉更安全更快乐一点。每天都在写，写，写。写着我的幻觉，我的涂鸦，我的孤独，我的房租、水电费、电话费……每天让自己吃饱穿暖，看很多电影，以便让生存略显愉悦。可是卓扬对我说，我很聪明，却让他怜惜。在他眼里我是一个畸形的人，全身暴露，没有任何防护措施地生活在现实里。一目了然。他用同情而温柔的眼神看我。

男人大抵总是会爱上在他感觉中需要保护或能够保护他的女子。而我，我只是想有那么一个人。在风中把一根点上的烟，放入我的唇间。每天每夜，看着我老去……

拆开香水的包装纸，把香水瓶拿出来，喷了一点点在手腕上，举起来闻。空气中有淡淡的花香弥漫开来。那天晚上很累，没有洗澡，没有脱衣服，裹着香水味道躺在床上就睡着了。

答应卓扬去见他的父母是三天以后的事情。那三天什么都没想。当卓扬说，要带我去他家里吃饭，就答应了。他说下班以后来接我。下午快递送来几个印着百货公司名字的纸袋子。里面是新的夏装，白色短袖棉衫，碎花齐膝裙，系带凉鞋。他在宠爱我。

我穿上衣服和鞋子，在头发根部涂上茶花油轻轻揉搓，好让它们看过去显得服帖一些。拿出丢在抽屉里好几个月的旧口红，抹完之后脸上气色亮丽。我平时邋遢惯了，觉得打扮真是耗费精力的事情。心里莫名烦躁。天气闷热，快到八月。我要为这个男人改变自己吗。因为他给了我哈密瓜、香水、新衣服和求婚的诺言。寂寞与渴望被照顾的心，是这样的不堪一击。我是有点害怕。我知道自己的本性。

如果一个男人对我伸出手，如果他的手很暖和，他是谁对我其实并不重要。

事情发生得很快。在我走进他家里的时候，我就闻到结局的气味。

那是一幢陈旧而整洁的学校教师公寓，他的家在一楼。房子后面的空地有大片的树林。门前有桃树，结着小而僵硬的果实，草丛浓密。走进去的时候，卓扬的父母都在厨房里做菜。房间很大，三室一厅，装修得干净普通，像所有殷实而平庸的上海家庭。空气里有属于陌生家庭的琐碎气味，从桌子、墙壁、沙发、茶杯……每一件物体里弥漫出来。

这陌生的气味包围着我。我把在路上买的巧克力放在桌子上。客厅里，电视在放股票信息。卓扬对我说，他的父亲退休以后就一直在炒股。我在几分钟里面就判断出这个家庭的本质，父亲温和老实，母亲能干强硬。他还有一个弟弟，在读大学。

和这一家四口坐在一起吃饭，不适感越来越强。因为这个男人，我得和三个毫无关系的陌生人吃饭并对他们小心翼翼地微笑。他的母亲一直在肆无忌惮地打量我。我不喜欢这种尖锐神情，充满世俗的评价。她用上海话和我说话，听我讲普通话，马上说，你不是上海人吗。我说，不是。那个中年妇女的眼神马上松懈起来。

上海人莫名其妙的优越感。我微笑。即使是再普通不过的中等人家的家庭妇女，也会觉得在上海的外地人，是来看花花世界。她又问，你做什么工作。我迎着她的眼睛，说，我是自由职业。自由职业？她疑惑地看着我。我说，自由职业就是没有工作。

卓扬在旁边马上解释，妈妈，乔从事写作，在杂志上撰稿。她还出书。他的母亲怀疑地看着他。写作应该是离她太遥远的概念。她突然感觉到自己对眼前这个年轻女子无法把握。不能控制局面使她不愉快。于是她说，扬扬告诉我，他要和你结婚。我现在还不清楚你们之间认识了多久，对彼此是否了解。扬扬是个非常单纯的孩子，我们一直宠他……

我低头微笑。我发现自己一直在发笑。不知道为什么。这顿莫名其妙的晚餐。我穿着崭新的衣服、鞋子，特意涂了发油和口红，跑那么远路，跟着这个男人来到他的家里。来接受他的母亲，一个和我毫不相干的女人的盘问和戒备。心里黯然。我想我的确是寂寞太久。我以为自己可以有一个家。我为何突然被激发了这种期待，明知它会落空。

我不再说话。我发现自己已经厌倦。一吃完饭，立刻告辞。没有给予任何理由。我说，我得走了，卓扬。

卓扬看着我，他的眼神焦虑而疼惜。他送我出去，夜色中月光把马路变成白色的荒凉海洋。在走出小区大门的时候，我从裙兜里掏出一枚刚才从树上摘下的小果实。它还没有熟，青涩僵硬。我把它在裙子上擦了擦，喀嚓咬了一口。我说，它很酸，卓扬。就在这时候，我看到他哭了。大滴的还没有破碎的眼泪从他的眼眶里流下来。我伸出手擦掉它们，我说，你为什么哭。

你不喜欢我的家庭。乔。

这是你的家庭。卓扬。它和我无关。

我知道你应该没有拥有过完整的家庭生活。我还以为你会喜欢。

喜欢一大桌子人吃饭，被别人关心，对别人解释，看着别人的脸色微笑，每天在这么多人的眼皮下面喜怒哀乐孝敬公婆，伺候夫家吗？不，卓扬。你不理解我是如何的女子。我不需要。

可是，这就是正常的生活。如果你拒绝，就是一辈子的孤独。

那又如何。你以为我惧怕孤独吗……也许有时我会。但我还会继续活着。

不能再和眼前这个男人讨论下去。结局已经出来。我看得清楚。他离我这么近。我能够闻到他嘴唇里的柠檬清香的气息。可实际上那是离我很遥远的一个人。那种远是不着边际，让人迷惘的。就像一个人走在对岸，看得见，却怎么叫也叫不应。想起来我们走在阳光温暖的大街上，过马路的时候，他轻轻把我的手握在手心里。到了对面，再轻轻地放开。我内心黯然。是，要依然留在原地。没有人能把我带走。

我说，我要走了。不要送我。我坐地铁走。

你回家会给我打电话吗。

会。我安慰他。

你要离开我，乔。

我微笑。把手里的核扔进草丛里。多么希望自己有一个这样的房子，后面种着大片的树，前面有结着果实的树……可以在树下看书，晒太阳，或者晚上一个人听露水的声音。下雨的时候，夜色里有雨滴和树叶缠绵的声音……可惜。这一切并不属于我。

在地铁站台上脱掉脚上的丝袜和高跟鞋。它们让我脚跟酸痛，难受至极。终于得到解放。我坐在站台的椅子上，把丝袜丢进垃圾桶。一边扭动赤裸的脚趾，一边忍耐着想抽一根烟的极度渴望。

有个男人站在离我约一百米的位置上，平头，白衬衣，咸菜绿的粗布裤子，棕色麂皮鞋。肩上背着双肩包。应该是刚加完班的记者或设计师，那种宜人的气质不是短短的日子能磨炼出来。在这个城市里，见过太多面目张皇、眼神无力、心浮气躁的男人。我注视着他。在离他约一百米的位置上。他微微侧过脸，眼神像风掠过我的头发。然后他走进地铁的另一扇门，在人群里消失不见。

每个人的心里，都会向往爱情。我想。它不是婚姻，不是诺言，不是家庭，它只是一种气味。但这个城市像巨大的容器，任何人任何气味掉在里面就消失不见。它吞噬了一切的热情，向往，单纯而赤诚的感情……城市的黑暗与荒凉无从测量和计算。

在依然拥挤的夜班地铁里，我夹杂在陌生躯体的中间，听着刺耳的金属碰撞声音和巨大的风呼啸而过。一张张面无表情的脸。不知归宿的生活。我感觉渐渐听到雨声，淅沥的雨声打在地铁车厢顶上，逐渐声响大起来。心里有点滴的记忆复苏，我挖掘着线索，想了很久。想起来的那是黑暗中卓扬贴近我的气息。他血管跳动的声音。

某一刻，我们互相拥抱，以为能忘却世界的荒芜。然后雨停了，他穿好衣服走了。天亮了，我睡了。一切不过如此，不过如此而已。边走边爱，人山人海，拿着车票，微笑着等待。那是一首歌的歌词吧。

我把头靠在铁杆上，疲倦地闭上眼睛。

森的一块硬币

生活继续。生活里一些东西常常突然变得没有依靠。像海市蜃楼，那么恢宏的壮大的观望，刹那间消失不见。

和卓扬分开以后，我发现自己愈发懒散。每天睡得头晕。因为心里始终占据着的不安全感，我开始频繁接稿，晚上长时间写作。抽很多烟，喝酒。持续到凌晨五六点钟才罢休。不见任何人，也不想做任何其他的事情。基本上不离开住家附近五百米的范围。懒得洗澡洗头发。穿着旧衣服和拖鞋走在路上，脸色灰暗，头发油腻。

我想，不是因为和他分开的原因。不是因为我爱他的原因。我只是失望，然后享受着某种自虐的快感。对自己早已灰心。早就清楚自己会选择怎么样的生活和痛苦。早把自己看死。只是再次躲回蜗牛的壳里面。那里坚硬而安全，黑暗而潮湿。我一直寄居在那里，并无其他地方可去。

　　卓扬依然有电话来。不多，但持续。不知道可以说些什么。叫着我的名字，嗫嚅着。沉默中只听到信号不好的下雨般的噪声。我等着他，看着阳光透过窗帘照在陈旧的地板上。我想，总是有些心情是不甘愿的。没有开始的故事，突然就结束，却凭空多出一段记忆。电话有时突然地断线。我拿着手机，确定它不会再响。把它放回去。

　　在半夜喝威士忌加冰，看一部又一部的片子。借不到什么好片子的时候开始看港片。爱上周星驰。这个讲话慢腾腾，常不动声色，常在电影里扮演受尽压迫的小人物的男子。他的喜剧充满悲情。这是一个心里有阴影的演员。最初不如意的演艺生涯，带来电影里压抑的情结。有时候也看其他人。我听着电影里的独白，那些自言自语，就像我独自对着手发呆，看着十根手指在阳光里做出不同的姿势。

　　那天看的是《朱丽叶与梁山伯》。吴君如能屈能伸，本身是一个极具韧性的女演员，从不过分爱惜自己，所以大智若愚。她在电影里扮演一个没有乳房的女人，是个餐馆招待。吴镇宇是每天都在逃债和斗殴的夹缝中谋求一丝生存的流氓。这样的两个人，也开始相爱了。

他去杀人之前拿了她的钥匙。他说，等我回来吃饭。可是在打架的时候反而被别人打死。女人还在房间里等他。做了一桌子的菜，终于等累了。他的魂跑了回来。拼命地跑。只为伸手摸摸睡过去的女人的脸。然后走掉。就是这样。香港底层的小人物生活。看着男人无限爱怜地抚摩着女人并不漂亮的脸。他已经死掉了。她还在等。

眼泪突然潮水一样地翻涌下来。不知道从什么时候开始，任何一个人站在对面，不管他带来的是什么，都不会轻易落泪。流泪是屈服。却在电影明知造作的场景里，感动非常。小至依然没有音讯。但她能够想起自己要做些事情。即使是去丽江追寻她没有方向的爱情，也比我这样穷耗要清醒一些。

我不知道是从哪一天开始。好像是个早上，我通宵无眠，在卫生间里用冷水洗脸。看到自己的脸呈现出一种风平浪静的素白。那张脸终于安静下来，或者说变得更加麻木。我知道我应该开始写一部电影。如果靳可喜欢，我还会有一笔额外收入。

这也许是个恶性循环。钱对我来说，除了维持温饱并没有太大意义。可是当对一切都失去兴趣的时候，只能以钱为目的来做一些事情。还能为什么呢？那些冠冕堂皇，激昂人心的语言只不过是自欺欺人。很早的时候就不再浪费自己的激情去相信这些东西。也不给自己任何理由和借口。

晚上的时候我去酒吧。有热带鱼和威士忌的布鲁酒吧。不清楚森为何把它叫作这个名字。矛盾的表象里总是有隐情。可是我学会了不发问。

那个男人看到我，他说，你好久没来。

是。前段时间有些事情。我恋爱了，差点嫁人。

差点的问题出在哪里。

不知道。我只凭本能和直觉选择。伸手拿过他放在桌子上的酒杯。酒精烧灼着喉咙、胸口，一直烧到胃部，如野火燎原，非常舒服。我闭上眼睛，听到自己发出满足的轻微呻吟。

他微微一笑。眼神镇定，一边在吧台后面飞快地擦玻璃杯子。他的意大利歌剧依然是轻得像要断了一样的声音，在房间里如水般流动。

记得我？

是。因为你总是一个人。趴在吧台上睡觉。你很久没来看那些鱼，它们很寂寞。前几周，我刚又新买了一些鱼放进去。

是吗。我走过去，趴在玻璃前面看。

你可以挑一条你最喜欢的，把它命名成你的名字。

做鱼很好。能够在海底呼吸，偷懒，交欢，游走。不会掉眼泪。

你又不是鱼，怎么知道它们如此就会幸福？

你又不是我，怎么知道我就无法体会到它们的幸福？

他是个有情趣的男人。情趣是指一个人懂得对生活里的细节及陌生人，保留欣赏和体谅的余地。虽然这个三十六岁的男人，波澜不惊。他喜欢穿白色衬衣，能把一件洗得发旧的白棉布衬衣穿得很妥帖。剃得发青的下巴。唇薄而坚定。手指修长干净，擦杯子调酒的手势灵活。从未看过他抽烟，喝酒，大声说话。他看人的眼神总是若有若无，说话也是有一搭没一搭。话题可以随时延伸，可以随时终止。

他懂得怎样去控制一个陌生人的情绪。或许是因为从不试图控制别人。

每天晚上他都在酒吧亲自招呼客人。我想人和人之间的相遇相识一开始都是这样，平淡无奇没有任何预感。对我来说，有这样一家酒吧和酒吧老板的存在，是值得安慰的事情。它让我不那么寂寞，可以一边慢慢喝酒一边看热带鱼。和这个男人说话，并随时离开。

卓扬的电话终于停止。爱情是容易被怀疑的幻觉，一旦被识破就自动灰飞烟灭。想起差点嫁给这个男人，忍不住对自己微笑。我是没有半点妥协的人。妥协的只有时间。

我开始写作那部电影小说。虽然写作是一种慢性自杀，一点一点地把自己耗尽。从内至外。不动声色。醒来就写，写累了爬上床去睡。白天黑夜不断交替。我只为写作而生存着。太多的事情没有办法做。工作，可以彼此钩心斗角，你来我往。对老板献媚，对同事中伤，动用种种奉承、谩骂、偷懒、投机取巧、贿赂、贪污、威逼等手段。生活何其丰富多彩。结婚，可以和一个男人吵架，做爱，互相贬低指责，和公婆妯娌搞些矛盾，抱屈含冤。生个孩子，洗尿布，买奶粉，擦拭大小便，半夜起来抱着兜圈哄睡觉，为孩子将来的教育和生计发愁……

这些事情我没办法做。也就无法负担和享受它们派生出来的种种痛苦和乐趣。

写不出字的时候，在房间里走来走去，只能抽烟，看碟片，睡觉，吃食物，看片子。出去坐着地铁在城市的地下飞驰。有时候我想，这个城市也许该分成两层。地上的那些人，就让他们在太阳下厮杀，挣扎，为了物质和欲望尽情施展十八般武艺。所向披靡，一往无前。地下的那些人，让他们在黑暗中默默存活，他们可以安静地相爱，快乐地流泪。

为什么所有的人都要混杂在一起盲目地往前奔走。

我在黄陂路地铁车站走出地道。身边的人流像混浊河流。有时候我想靠近一个陌生人，问他去哪里，问他可不可以带我去。我心里始终有这种隐藏的动机。小至有一次对我说，我们是具备离开情结的人。任何事情都以离开作为最后的解决。随时都在准备离开。

接受离开。因为不愿意让心受到损耗。不愿意让自己屈服。

那一刻，我很想念小至。

半路接到一个电话。号码是卓扬的。我按了接通，冒出来的却是一个女人歇斯底里的声音，混杂着暴躁和哭腔。乔，你这个×××，卓扬爱的是我。简直难以相信举止优雅的羊蓝说出这样粗俗的语言。她甚至不等我回应，就挂掉了电话。我站了一会儿。分析清楚羊蓝现在必定和卓扬在一起。她想和他和好。他不答应。然后认为一切原因都在我身上。何必。对自己估价过高，然后承受打击。想了一下觉得应该同情她。于是决定不还击讨回公道。

是从什么时候开始，变成一个不容易愤怒的人。没有血性，很麻木。

点一根烟，继续朝淮海西路走。走上延安路天桥，想趴在栏杆上对着马路大声地喊叫几声。所有的车都在循规蹈矩地开着，所有的人都在循规蹈矩地活着。整个世界除了噪声，没有人发出真正的叫声。身边的人匆匆而过。一个小乞丐开始注意我。在背后跟了一段时间终于拿着破碗靠近我。他有褐色皮肤，黑色眼睛。瘦骨嶙峋的小男孩，穿着肮脏的衣服，背一个布包。

我说，你干吗跟着我。我没钱。他不说话，讪讪地嬉笑着，依然贴着我走。我叹口气，停下来看他。你从哪里来。他模糊地回答我了一个地名，然后把碗举到我的眼前。我说，我也在乞讨，可是没有人看见，也没有人给我我想要的东西。我在口袋里找零钱。没有零钱。只有一张十元的纸币。我说，我最近真的很穷，这张十元能够维持我一天不挨饿。但是现在只能给你了。

小孩笑嘻嘻地看着我，牙齿又白又大。我把钱放在他的碗里。我说，你也给我一点什么。他咧着嘴似乎听懂了我的话，从布包里翻出一张捡来的旧报纸，塞到我的手中，拔腿就跑。那是一份很破烂的日报，上面沾满来源不明的污迹。把报纸展开来看，迎面是一篇大采访。是个在机关工作的男人，辞职去贵州支援希望工程，去小学教书。那篇采访的题目引用的是男人的一句话，殊途同归。

我和森讨论这个用词。我说，我很喜欢这个词。森看完那篇文章，把报纸放在吧台上。他说，这个男人平时写诗歌和小说。

他在机关里应该处境不适。没有集体观念，无能去研究领导的脸色，不屑参与同事的是非。他活在自己的世界里。

你认为他是不适应现实而去农村？

还有什么理由。

他顿一下，说，我曾看过相关的纪录片和照片及报道。对国家来说，这是支援和救助，是发展完备教育的途径。对个人来说，含义比较复杂，因为是完全自发，里面也许搀杂着逃避现实、理想主义、慈悲、责任、使命、痛苦……太多因素。

他又说，你也该找份工作做。乔。

可是我能做什么。我说，我出去洗碗都没人会收我。

你可以用你聪明的头脑、敏锐的直觉和优美的品位去工作。每个人都有优点和缺点，但首要是能够爱自己。

森帮我介绍一份工作。他有一个朋友是网站的CEO。他说，你可以去做网络频道内容编辑。让我们来试一下，不要轻易拒绝。

我承认他是在关心我。他比我大十一岁，也许在他的眼里我是一个孩子。我曾经有过一些计划，想去长途旅行，想写完这部电影，想找到某种意义，想让自己真正地平静下来。我在试图做着事情，虽然明白自己很难被改造。可是我答应他去。每一个男人试图照顾我的时候，我都在接受。虽然每一次我都觉得自己可耻。

第一次和森约在白天见面。午后阳光穿过法国梧桐发黄的树叶，点点斑驳地照在陈旧的路面上。森站在他的酒吧门口，双手插着裤兜，微微斜身靠在石头墙壁上。他侧过脸，平静地看着我向他走过去。这样的一幕场景，熟悉得仿佛在某个时间里和地点里演习过无数遍。我一边小跑着过去一边对他微笑。心里却有对自己的惶惑。我想，好像在哪里曾经这样地做过。现实中的很多场景，有时候都像一幕曾演过很多次的戏。只是在记忆中已经找不到任何线索。

森穿着纯白色棉衬衣、粗布裤、一双白色跑鞋。这样的装束常会出现在一些中年的外籍华人身上。也许他们习惯了干净的空气和街道，而上海的空气常年污浊。我说，我们去哪里。他说，淮海西路。我说，那我们坐公车去，然后走一段。今天太阳很好，走走看看。他说，好。只是不要迟到。

我们走到公车站等车。人很多。车还未停妥，骚动的人群已蜂拥上去。森显然在回国以后很久未坐公车，在拥挤的乘客里面略带一些不适。但他仍然维持着绅士风度。固执地先下后上，帮别人代传零钱和票，半途还给一位老人让座。他做着这些细微事情，举止妥帖。只是一身白衣在混浊的车厢里显得突兀而狼狈。

我看着他。他对我微微耸了一下肩，没有说话。人群里这个男人平头，浓眉，干净的略带着风尘的脸。他的眼睛在阴暗的酒吧里，因为光线的衬托，有时候有一种兽般的锐利和明亮。那是我熟悉的眼神。带着探究深深地凝望我，又似乎对一切漫不经心。而在日光之下，那只是一双普通的中年男人的眼睛。带些许的疲倦，很温和。

公司在淮海西路的一幢写字楼里，走进大门，内部装饰豪华。进进出出的年轻女孩们有傲白的脸和凌然的神情。我在电梯镜子里看到自己邋遢的形象。脸上的皮肤粗糙，嘴唇发干。我觉得自己不太像这里的人。但是我故作镇定。

半个小时以后我拥有了来到上海以后的第一份工作。只要我愿意，就可以在高级的写字楼里工作，每月拿到稳定的薪水。就我目前的收入状况而言，那是一笔不小的数目。而同时我必须付出的代价是，每天九点准时上班。就从明天开始。

走出大楼，我吐出一口气。我说，里面的空调太闷人，二氧化碳的成分过量。

你一直像野生动物一样生活，试一下控制自己。

平时白天你做什么？

睡觉。

那和我一样。我笑了，他也笑。我们的心情都比较愉快。秋天的阳光明媚。他说，不如陪我去买钓鱼的用具。我下周计划去郊区的鱼塘钓鱼。

空气里到处是汽车的噪声。陌生人的衣服、头发散发出来不洁的气味。污浊和喧嚣，像潮水一样，一波波地涌动上来。这是我们所处的城市。很久没有一个人陪着我走在人群拥挤的大街上。过马路的时候，把大而温暖的手放在我的脖子上，像拎着一只猫。

在一条巷子边上，有人在卖热腾腾的臭豆腐。它们串在细长的竹签上，冒着热气。我说，喜不喜欢吃这个。他犹豫一下，点头说，好。我们站在街边随意地吃蘸了辣酱的臭豆腐。我抬起头对他笑。他看着我，有点出神。我说，在想什么。

他说，读大三的时候，曾经有个周末陪一个女孩去参加舞会。我们骑自行车去不同的大学跳舞，一直到深夜。回去的路途中，在学校后门的小吃街上吃夜宵。臭豆腐的气味很特别。所以我记得这个食物。

你们是在恋爱吗？

他微笑着摇头，记得那条小吃街是在一条斜坡上。骑着自行车，抬高双脚，可以让自行车用力地冲下去。风过处，两边的樱花树，花瓣就像大雨一样飘落下来。那个女孩吃东西的样子，和你一样。

后来呢？

后来么……他微皱起眉头。后来我去了英国，她也许已嫁人。他的神情平静。这些事情他以前从未提起，仿佛只是突然有欲望提起往事。仿佛之前他长久的沉默，只是因为没有想起。但是他依然没有对我说起过他生命中重要的事情。

我不再说话。他掏出一块细格子的麻纱手绢，轻轻压在我的脸上擦拭辣酱和油迹。他说，这样的生活已离我很遥远，乔。只是想让你知道，美好的事物总是消逝得最快。他把我带到城隍庙门口一个偏僻角落里。身边是蜂拥的人。他说，你等着。人太多，我去去就来。

你不要我和你一起进去挑选吗。

不用了，你又不懂怎么挑选。要不要买个冰激凌。

好。

他笑，买了一支巧克力冰激凌放在我的手里。然后他走开。

角落对着店铺的玻璃大橱窗。就这样我看到阴影里的自己，那天我穿一条厚棉布的粉色裙子。我的脸被太阳晒得冒油。我恬不知耻地舔着巧克力冰激凌。它甜腻芬芳，散发着奶油和杏仁的味道。然后，我看到自己的眼睛。看到自己眼睛里的恐惧。融化的冰激凌顺着我的手指往下滴，它滴滴答答开始崩溃。

一种冰冷的寒意无法控制地爬出来。我觉得胸口的心脏跳得要碎裂一般。血液的颜色开始变成暗蓝。我拿着那支冰激凌挤到人群中。太阳热辣辣地照着我。人群包围住。我喘气，用力，一直往前挤。坚硬的肩头和背脊遮挡和阻止着我。我盲目地在那里挣扎。就像一个不识水性的人掉进河里，只是无谓地折腾。我突然泪流满面。

一双手把我用力地拉了出来。是森。他脸色苍白地看着我，他说，乔，为什么。我只是离开一会儿。我会回来。我不知道。对不起。我喏嚅着，看着自己的手指发呆。我的手指上都是融化了的黏稠的冰激凌。

八月，决定去上班。想不清楚有多久没有工作。很长的一段时间，我像活在用唾液和树叶包裹起来的蛹里面的昆虫。活在封闭的世界里。一个面目邋遢神情懒散的女子，终日无所事事。而同时这个城市里的很多人都在争分夺秒，苦心经营。我不担心自己的落后或贫穷。我只觉得偶尔会有恐惧。因为似乎所有平常人的喜怒哀乐都和我无关。他们所关心的，渴望的，操纵的，执着的通通都和我无关。

看了很多精神分析的书。卡伦·霍妮，荣格，弗莱姆……害怕自己像《局外人》里面的默尔索一样，在某个时刻就会把枪口对准别人或自己。虽然有一段时间，禅宗的研究给了我极大的安慰，但当我发现自己心里彻底的冷漠，我害怕再碰到那些书的任何一个字。

那天晚上很早就准备上床睡觉。没有打开电脑，没有洗澡。把闹钟上好发条，爬进被子里面。躺了一会儿还是支起身，用清水服了两颗白色的小药丸。折磨多年的失眠，一直在以消极的方法抵抗着它。比如干脆写作到凌晨，喝咖啡，听激烈的音乐。如果有时候什么都没有心情做，就直挺挺地躺在床上，让各种思想疲惫地纠缠着。真是比死去还恐惧。

可是这一觉睡得很长。轻易地入睡，也许是因为药丸。也许是想着明天就要去上班。中途醒过来一次，看看时间，是凌晨一点。周围万籁俱寂，再次安心地闭上眼睛，继续睡。整个人昏昏沉沉，感觉身体在空气中飘浮。身体像钟上的时针一样，在意识中沉重而缓慢地移动。

我确定自己开始做梦。抱着一条棉被在黑暗里行走。隐约穿过不同的走廊、巷子、大街、房间……感觉非常疲惫，想停下来，却找不到地方。然后是那个男人。他带我到了入山的小路口。我跟着他上山。赤裸的脚踩在草地上，能感觉到露水的清凉和草尖的尖利。风景越来越美……红色的天空，白色的云朵，紫色的河水，碧蓝的山谷。我们慢慢走到山顶。那个地方我太熟悉不过。在山顶的幽深小径上，两旁种满桃树。男人伸出手，拉住我的手，他要带我走过去。风中飞舞的粉白花瓣扑到我的眼睛上，嘴唇上，皮肤上……满树满树的花，开得那么满，逼近死亡般地开着。

我的心里充满幸福。那种感觉似乎就应该是幸福。心这样酸楚地疼痛着，不忍睁开眼睛。不愿意醒过来。可是又隐含着恐惧。是的。我害怕他转过脸来看我。我不愿意看到他是谁。

醒来已经早上八点半。居然没有听到闹钟的鸣叫。我惊醒地坐起来，脑袋发涨，飞快地换上干净的牛仔裤和T恤。洗脸刷牙，用梳子沾水把头发梳顺。早餐自然是不能吃了。用了五分钟时间，立即赶去地铁站。

早高峰的地铁车厢里，人和人之间挤得留不出一条缝隙。快速呼啸声中，角落里有看过去白领打扮的女子，戴着耳机，慢条斯理地吃着生煎馒头或三明治。空气里有食物油腻的气味和香水味道。男人们大多拿着一份体育或证券的报纸在看。这是城市一天生活的开始。

在写字楼的大堂里有人飞奔而过。电梯前很多人在等。人群里一个男人看到我，伸出头对我打招呼。他穿着黑色西装，戴一副古怪的玳瑁边框平光眼镜。我诧异地对他笑笑。

他说，今天就来上班了？昨天我看到你从主管办公室出来。我是彼得。你的同事。

他的热情让我有些不知所措。我们一起走入电梯。我闻到他身上散发出来的须后水味道。他又在和几个人打招呼。说话的声音响亮。同事，就是随时需要你来听一堆无聊废话的人。是一天里相对的时间比情人还长的人。他说，乔，有任何事情，都可以让我帮助你。

这是一家有近百人的门户网站。经济，新闻，娱乐，生活，地产，艺术……包罗万象。自然也包括电影。我的工作很简单，收集有关电影的资讯和稿件，进行内容编辑，定期推出一些专题和活动。文字是可以转载的。网络资源一切共享，暂时并无任何严明的制度。剩下的无非是编辑的品位问题。

对我来说，这样的工作，一天只用两个小时就能完成。办公室布置得像个野生动物园。上班时间可以自由地喝咖啡，吃饼干，打游戏，聊天……大部分同事在大部分时间里，都在懒洋洋地打电话，开 ICQ，打游戏或戴着耳机听 MP3。于是下班以后几乎没有人回家。好像大家都是无处可去，无人可约的单身。他们从早上九点一直泡到晚上十二点多。也有人彻夜不归，就趴在桌子上睡觉。表象看起来很积极，其实无非是想在主管不在的时候，做些打长途、IRC 聊天之类的事情。

消磨时间的方式是极其丰富的。只是不清楚公司的效益如何产生。

彼得对我说，这些事情就不需要你去管了。我们常一起在中午去对面的小餐馆吃饭。他会讲述公司里面一些钩心斗角的隐私。这种讲述有时候让我感觉无聊。他是在发泄。但又没有勇气暴露自己真实的想法。如果讨厌对方，可以选择视而不见。或者干脆走上去挑衅，彼此厮杀一番，以泄心头之恨。为什么要在旁边逡巡着，猜测彼此的一言一行，然后对着不相干的人浪费口舌。从这点来看，彼得的热情友善不能掩饰他性格上一些致命的弊端。所以他在公司的中下层里一直郁郁不得志。

但我依然偶尔和他一起吃饭。有时候下班以后也去衡山路喝一杯。对我来说，没有什么人是我不可接受的。自然那是因为我从不轻易接受任何人。他是个乏味的男人，这在我看到他的第一个三分钟里就已经有判断。但是生活的空虚感让我像快要被淹死的人。我强作镇定，让自己的姿势不那么丑陋，因此在手里总是随意地抓着任何漂浮过来的稻草。

他问我，乔，为什么一直没有男朋友。我说，因为我不漂亮吧。你很漂亮。我第一次见到你就觉得你气质特别。那你想追求我吗。

嘿嘿。他端起啤酒杯喝酒。我不喜欢婚姻。你想想，一个男人和一个女人要相对一生一世，多么可怕的事情。

但我听说你有一个做美容顾问的女朋友。

那是她紧跟着我不放。要死要活。既然不能够给她婚姻，就不要给她遐想的机会。以后的事情谁知道。他回避我的眼睛。大抵世界上的男人都是如此，一边需要一个坚实可靠的感情陪衬，一边心猿意马地眺望着远方。就像一个人先吃饱了，然后再暗自打算着挑选哪一份甜点。何其自私而本能的做法。

我微笑着端起杯子喝酒。剩下的冰块倒入嘴巴里，清脆地嚼动它。酒吧里灯光昏暗，空气污浊。某种暧昧的气息轻轻逡巡，让人乏味。艳装的女子眼波流转，男人的视线肆无忌惮。可是一切仅此而已。这是一个搭得很完美的舞台。只是空空荡荡，没有人想全情投入上去唱一场。因为没有痴迷执着的观众。太多的都是围观而无谓的人。

我对森说，现实中的感情总是让人失望。

他说，今日的感慨又是从何而起。

我不语，独自坐在吧台边喝酒。身边始终都是有一些人的。森的酒吧从未曾人流不息，但也总是有那么几张陌生或熟悉的脸，在阴暗的光线里出现或消失。我想我是有病的。心里那些溃烂的东西。所以我一直在继续写作。写作是治疗，做了一个一个的补丁。把它贴在心的缝隙上。

我说，森，那份工作我也许不能再继续下去。今天写了辞职信。

为什么。它能给你稳定收入和归属感。

在公司午间休息的时候，常倒一杯冰水，捧着水杯站在落地窗前看外面错落耸立的高楼。那些都市的石头森林。身边是一群各行其是的陌生人，他们传递给我皮肤和呼吸的温度。不再是我空荡荡的房间里那些冰冷的空气。可是我厌倦了。类似于彼得的热情浅薄或其他。我不能每天睡眠不足地挤在空气污浊的早班地铁里，来到二氧化碳过多的办公室里，用一整天的时间去做两个小时就能完成的工作。这对我来说，除了同样的浪费时间之外，还被禁锢了自由。

我对森说，对不起，我总是在尝试改变自己。但发现每一条途径都通向虚无。我知道你在帮助我。我一直在接受任何人对我的任何帮助。但是没有用。他点头，不再说话，拿过我的空杯子往里面再倒了一些威士忌。

我说，我在写一个故事。我把它当成电影来写。所有的线索、情节和人物都已经隐藏在我的心底，像一幅地图。所有的来龙去脉，我了然于心，可以详细地慢慢表述。

拍摄一部电影和写作一部电影有什么区别吗。他说。

没有什么区别吧……都是不断制造幻觉，以维持活着。

他微微一笑，说，你要拍让观众在开场十分钟以后就打呼噜的电影吗。

我说，这场电影会抚摩观众的灵魂，让他们浑身颤抖。他们会看到自己在里面，年老的人看到盛放，年少的人看到枯萎，失望的人看到甜美，快乐的人看到罪恶。

森在吧台后面调酒，偶尔探过身子去招呼熟悉的客人。他的身体俯过来的时候，旧棉布衬衣散发出淡淡的古龙水和汗水交织的气息。洗得发旧的衬衣，没有扣上全部的扣子，领子软软地耷在那里。我有点晕。一边等着他空下来对他说话。我说，我假设它只有一个观众。或者是我自己。或者是一个路过的陌生人。他刚好经过。于是我邀请他进来。有一个空位置。

他在忙碌，没有再搭理我。暗淡的灯光，轻盈的音乐，酒精的芳香，这一切对我来说，都是熟悉而安全的。就像属于自己家里的一个客厅。森的棉布衬衣偶尔轻轻擦过我的脸。我迷迷糊糊地趴在吧台上。我睡了过去。

惊醒过来的时候，看到酒吧的人已经走空了。只有森依然在吧台后面摆弄着瓶瓶罐罐，用白棉布擦拭玻璃杯子。他最喜欢做的事情是擦玻璃杯子。没有声音，没有结局，没有极限的一件事情。看到我抬起头，他说，凌晨三点，如果你要回家去睡一觉还来得及。

我说，不睡觉了。我们出去散步。可惜看不到大海。

但我们可以去看日出。

哪里。

我带你去。

森开车带我去兜风。一辆旧的小跑车。他一直把它放在车库里。我说，原来你有车。他微笑，你不了解我的地方还有很多。不要着急。

他把车子开上高架桥。凌晨的天空还未破晓，是一种夹杂着灰紫和淡青的深蓝色。大朵大朵厚重的云朵，在风中从容地游走。高架桥两边的石头森林灯火闪烁。他放音乐，是卡拉斯的歌剧《蝴蝶夫人》。他说，我喜欢她的声音，有一种明亮的创伤。她也是爱情充沛的女人，却被自己的激情所困。

我很想抽烟，努力克制着自己。他看看我，说，你抽烟吧。我开窗。凌厉的风从窗外灌进来，扑在脸上似乎无法呼吸。我们来到城市小镇边缘的地带。一片广阔的平原。空气清凉湿润，带着植物的气息。森把车停在那里。他说，我在这里看过九次日出。在不同的季节，相同的凌晨。

深蓝的天空有一颗明亮的星。闪烁着清冷的光泽，好像淌着大滴的眼泪。田野里有稻草被焚烧后的黑色尘末。树林里的鸟发出迟疑的清脆叫声。时间还早。我说，你带了酒吗。

没有。他安静地看着我。

我不再说话，把身体蜷缩在座位上，仰着脸闭上眼睛。我说，森，对我讲讲你的故事。

我的故事？太长了。以后有时间对你说，只要它们还没有在我的记忆里逐渐消失……现在这样的生活对我来说，就已很好。一家小铺子，夜夜看到歌舞升平，寂寞的人们来买醉。一年里面有三个月左右时间，出去旅行。一个人开车出去看日出，在山顶画画。站在茫茫云海之前，你会发现人的悲欢并不重要。一切都会消失。

你一直都没有女人，没有孩子？

是的。没有。他眼睛炯然地看着我。我很清楚自己需要些什么。

我和你不一样。我的心里始终有恐惧。

恐惧什么。

恐惧我走了很远，走了很久，最后没有一个地方一个人，可以让我回去。我说，那是像潮水一样的恐惧，在灵魂里面哗哗地响着……什么时候我们去看望大海。

不知道从什么时候开始，我发现自己丧失了倾诉和表达的能力。在人群里神情总是冷漠游离。面对着陌生人无话可说。碰到委屈不置一辞。面对离别不会挽留。从不抱怨。也从不解释。我知道这种能力的丧失对于我来说，也许接近致命。我对人的安全感很少。

我只是一个在孤独的时候，把手指放在阳光下慢慢变动姿势，以此打发时间的人。一个残废的人。但是在对森说出我在写作中的电影的第一句话的时候，我发现自己成为一个平静而流畅的叙述者。这使我感觉惊奇。

我说，我并未打算为什么目的而写。我只是需要一个观众。如果没有，还有我自己。

他说，开始吧。我是没有耐性的观众。判断一部电影的好坏只在开场的十分钟里面。

你先拿一枚硬币出来。

他拿出硬币。一枚一元的硬币闪着冰冷的寒光，躺在他的手心里。我把它取过来，放进牛仔裤的后袋里面。我说，买张票。如果我感觉你能看懂它，我就把它还给你。

我们没有看到日出。因为在对森说话的时候，我感觉累了。我又睡了过去。

那是一个奇怪的夜晚。我做了一个新的梦。看到自己在路边上了一辆公车。车很旧，车厢后面有积水和垃圾，散发着臭味。空荡荡的车厢里只有司机和我。司机把晚班车开得像飞一样。中途有陆续的乘客上来。起起落落，到最后几站，我发现车厢里只剩下另一个乘客。

那是一个穿着白衣蓝裙的女孩，坐在和我隔一条过道的位置上，一直侧着脸看着窗外。外面下着大雨，公车的玻璃窗上面，有模糊的水印，一条条地流泻下来。城市是个巨大的寂静的容器，充满雨声。女孩光着脚穿一双塑胶凉鞋。她的两条腿紧紧地并在一起，双手插在膝盖之间。她的姿势沉浸在深不可测的黑暗里面。

车子一直在开。我不清楚她坐着车子是在出发。还是回归。女孩子没有回头。她旁边的位置上放着一只旧的书包。我说，你到哪里去。她不回应我，似乎未注意到我的存在。然后她伸出手去抚摩窗上的水滴。水滴延伸下来的纹路。我看到她洁白的手腕上，那些坚硬的伤疤。它们支离破碎。我的心里疼痛。但是在自己的位置上无法动弹。不能靠近她也不能离开她。

　　我想起来，她是我电影里的那个女子。她已经出现了。她的名字叫林南生。

.. Side B 南 生

山顶上的女孩

那年冬天。南生记得。

南生和父亲一起，坐十多个小时的长途汽车，从小镇枫桥来到N城。农历新年即将到来，这是除夕的前一天。她第一次见到城市，汽车站停着很多脏而陈旧的长途客车，车顶上捆着堆起来的行李。旁边围绕大批等待挤车回家过年的旅人。他们蹲坐在小吃摊附近，靠着铺盖包裹打盹，打牌，黑压压像一群迁徙路途中歇脚的飞鸟。一响起通知发车的喇叭叫声，很多人哗啦啦地站起来，扛着大包小包往前挤，像鸟一哄而散。

马路当中挤着人力车、自行车、公共汽车，各不相让，喇叭齐鸣。一个挑着箩筐的女人被撞倒。箩筐里的土豆和萝卜倒在了泥泞中。女人大声地咒骂着，跪下去用双手盲目而迅速地把土豆拨拉进围裙里面。女人的手和脸都是泥水，朝地上狠狠地吐着口水。无数双凌乱的脚经过她的身边。

南生的手被男人的手紧紧地牵着。小而洁白的手指蜷缩在男人温暖的大手里面。她趔趄地往前走。脚下是泥泞的积水。冰冷的雨点大滴大滴地打在脸上，一路滑进衣服领子。她缩着脖子轻轻屏住呼吸。穿着灯芯绒夹棉外套和碎花棉裤。一条桃红的流苏三角围巾把她的脖子和脸的下半部紧紧地扎了起来，只露出一双眼睛。眼睛很黑。花瓣的形状，水光潋滟。视线一直在惊奇地流转，带着些许的恍惚。还没有长大的眼神，却带着荒凉。

他们走出车站，来到外面两边开满店铺的街上。那里出售食物，开水，箱包，沿海城市的海鲜干货。空气污浊而腥臭。他们疾步行走，好像穿越一条漫无尽头的河流。男人在街边停步，把南生抱起来凌空跃过栅栏，放在路边的隔道上。那里堆积着垃圾和自行车，没有人和车流经过。只有隔雨板上的雨水，冰冷地掉下一滴，重重打在南生的眼睛上。她后退了一步，用力睁开被水模糊的眼睛。

男人的身体蹲下来，脸对着女孩。这时候才看到男人的容颜。蓝卡其的中山装，头发蓬乱。因为丧妻和生活的窘迫，一直郁郁寡欢。那是一张中年男人隐忍着怜悯的脸。下巴分布着象征失意生活的青色胡子茬。他的眼神像小心翼翼的手指，柔软地抚摩着女孩的面容。他说，南生，你饿吗。

路边的小卖部飘出热馒头的小麦香味和热气。食物的气味是火焰，早已经让胃势不可当地烧灼起来。南生用力地点头。男人微笑。他的笑带着忧愁转瞬即逝。他说，等在这里。南生，等我回来。他起身走开。南生的黑眼睛，看着男人慢慢地穿过车流和拥挤的行人。他的蓝卡其衣服像一片叶子轻微地颤抖着，背影沉默无言。

马路对面的馒头蒸笼弥漫着腾腾热气，寒风把店的布幔吹得哗哗响。隐约的吆喝声传过来：热馒头，刚出笼的热馒头……就在这个瞬间，她感觉到雨水里的雪珠子。那冰凉的小冰粒沙沙有声地打在她的脸上，她抬起头，看到灰色的天空像一张受伤的脸，屏住呼吸，飘落茫茫飞雪。有黑色的鸟群飞过。它们缓慢地扇动着潮湿的翅膀，发出咕咕的声音。从西北方向飞向东南，轻盈的躯体像花瓣散落。

南生注视着鸟群，感觉唇边融化的雪花渗透进肌肤。她拉开围巾，露出冻得发白的脸。南生荒凉的带着童贞的脸。她仰着脸看鸟群飞远。

马路的对面，男人站在店铺外，伸手从黑色拎包里拿出一个小格子手绢裹成的小包。他从里面摸出一张小面额的纸币。再把小包裹好，放进拎包里。穿着白色大褂的营业员用纸片垫了一只热馒头递过来。男人一手拎着包一手托着馒头，回过身来准备过马路。他被雨水打湿的头发沾在额头上。眼睛焦虑而怜悯。

他要回来了。南生直盯盯地注视着他。那个穿蓝衣服的男人站在路边的飞雪和喧嚣暮色里的身影，在南生暗黑得幽蓝的瞳仁里放大，凝固。直到烙下标记。三分钟以后，这个男人离开了南生的世界。

母亲对南生来说，只是一张黑白照片。

照片挂在枫桥镇外婆家的墙壁上。那是父亲和母亲的结婚照片。女子梳长的麻花辫子。穿对襟碎花棉布上衣。脸上有天真的笑容。她的眼睛和南生一模一样。而父亲年轻英俊，脸上也有同样的充盈着明亮的笑容。只是关于母亲的记忆，是一片白雪茫茫的原野。她的气味，她的皮肤，她的声音，她的笑容……全然不见。

父亲在镇上的小学里教书。他来自城市，响应时代的号召，把他的惘然和激情留在这个偏僻的山沟里面。天性聪明的男人，一生的命运却偏颇。母亲是房东漂亮的大女儿，同情这个沉默而神情高贵的男人。同情最后促成了婚姻。结婚一年以后，女儿出生，妻子死去。生命完成了它的循环。留下男人始终没有走出命运安排的圈套。在南生两岁的时候，男人拿着盖满了红印的回城准许证明，离开伤心地，回到了城市。

南生记得一张陈旧的木床。是老式的江南小镇里的床。雕刻着细碎繁复的花纹，垂挂着刺绣的布幔。发黄的旧蚊帐没有卸下来，上面有悬浮的蛛网和经年的灰尘，风一吹就纷纷扬扬地飘落。那张床放在厅堂里，空空的，从不使用。厅堂用来堆积储粮、箩筐、柴料和干货。干燥，阴凉。偶尔有阳光从屋顶的茅草缝隙里探射进来。明亮的光柱里尘土飞扬，照着沉寂的木床。外婆不许南生碰这张床，因为母亲的尸体曾在床上停留。她在这张婚床上分娩。挣扎了两天两夜，终于因为感染和失血过多而死。

南生不记得被外婆抱在怀里喂奶糊长大的日子。生命总是无辜。只是带着微弱的坚强的活力成长。却记得自己小时候不懂事，到处乱走，最喜欢靠近那张床。外婆去村里的溪涧洗衣服，南生独自守在门口，看着太阳慢慢在墙壁上划下阴影。她走到空荡荡的寂静的厅堂，在木床边撩起低垂的蚊帐，抚摩光秃秃的木板。被褥都已被卷走，木板发出微微腐朽的潮湿气息。木板左上角有一块褪淡的血斑。是被擦洗过晒过抚摩过的血。

母亲死去的时候血像潮水浸湿了草席。父亲在从城里赶回来的山路上，他去爷爷家里借钱。一路上看到明亮的星光在山谷间闪烁，犹如大颗的泪滴。他有了无能为力的预感。南生降生。而母亲疼痛的叫声被暴烈的热浪蒸发，最后只剩下一小块血斑。南生相信这是母亲留给她的唯一一丝线索。血是离生命最近的物质，黏稠香甜的液体，散发着纯洁的腥味。血是死亡，出生，破坏，融合，愈合，更新……血是生命的见证。父亲抱着南生泪流满面。

南生在小镇里度过她最初的童年。爬到深山谷里挖掘野兰花。在演戏的祠堂里攀着栅栏看戏。跟着人去山里砍柴，刨土豆，采西红柿，摘豆子。赶着鹅群让它们吃草。在清澈见底的溪水里捕鱼，捉螃蟹和虾。夏天去稻田里给帮外婆割稻的人送水和麦饼。在大晒场上帮外婆晒稻子，收稻子。有时候晚上放电影，黄昏吃完饭就拿着木条凳去晒场上排位置。

常独自爬山。村边最高的山是大溪岭。爬到岭上要走一段很长很长的僻静山路。然而南生常听到内心的某种声音召唤她。她一个人在高高的野草堆里攀越。爬到一半的路途，山腰里有一座破庙，里面有两尊在石头上雕刻出来的佛像。石桌上摆放着供奉的柑橘水果和燃尽的香灰。南生站在阴暗中观望佛像，觉得它们有一种奇异的威严。她不清楚为什么有些人在教堂里祈祷，有些人在小庙里供佛。但她开始相信有一种力量，是能够主宰和包容人间的痛苦和无助。包括她的惘然。

山顶上空无一人。树林在风中发出哗哗的涛声。南生的天性里有孤独的血液，所以对这种天地之间的空旷并无畏惧。她坐在山顶的岩石上尖叫。一个人听着自己的声音在风中迅速地消失。大片的白云在慢慢地游动。远处依然是连绵的群山。往下看，小村白墙黑顶的房子变成了堆积的盒子，零散地分布在群山围绕的盆地里。黄昏的村庄开始炊烟袅袅。外婆站在屋顶的平台上大声叫她的名字。

南生的童年是在放逐和野性中完成的自我独立。留在她最初的生命记忆里的，是自由生活，温暖的爱，感情缺陷，对自然和神的隐秘对话，以及对宿命力量的感知。

父亲间断地来小镇看望南生。他在城里安定，进入一家绣品厂工作。生活的艰难让人发不出声音，南生看到的男人始终都沉默无言。他穿蓝卡其的中山装，黑色布鞋，胸兜上别着一支蓝黑墨水的钢笔。每次出现，他在院子的栀子花树下蹲着抽烟。看到南生，就微笑着站立起来，带着哀伤的神色。

他带来城市里的漂亮裙子和牛奶糖，住一个晚上匆匆而去。有时他整夜坐在厅堂的木床上。不动也不发出声音，只有月光冷冷淡淡地照射进来。南生看到那个男人的影子幽蓝。他独自颤抖着肩头，在哭泣。南生看着他，想走上去。外婆悄悄走近，用手捂住南生的嘴巴，把她抱回到床上。

外婆轻声对她说，不要打扰爸爸。他要和妈妈说说话。
南生说，妈妈怎么和他说话。她又没有声音。
外婆说，她通过耶稣基督来和他说话。来，让我们跪下来祈祷。

南生穿着睡衣和外婆一起跪在床边的棉垫子上。做祈祷是南生熟悉的事情。吃饭的时候要感恩，早上和晚上要跪在床边祷告。南生的膝盖碰到冰冷的床板。外婆的声音渐渐低下去，然后在黑暗中她拉开灯。南生看到外婆用手指擦去眼角的泪水。

第二天清晨，父亲很早就起来赶路。父亲背着南生走在雾气弥漫的田间小径上。南生把脸埋在男人的脖子里，闻到他皮肤和衣服上散发出来的气味，一种类似于树叶的干燥温暖的气味。父亲在车站上车，用他的眼睛，深切地，一遍又一遍地抚摩他的女儿。外婆说，对爸爸说再见。南生对那个男人挥挥手。男人点头。他是不笑的。也没有话对她说。汽车在蜿蜒的盘山公路上渐行渐远，消失在苍茫的晨雾中。

然后有一天，父亲寄来一封信。信里有一张照片。他又结婚了。

外婆把照片给南生看，对她说，你有新妈妈了，南生。你还会有一个新哥哥。南生看到一张相似的黑白照片。父亲在，只是身边换了一个女人。一个陌生的短发圆脸的女人。父亲和她并肩坐在一起，中间摆着一束塑料花。他们的脸和衣服被涂成彩色，嘴唇红得艳丽。女人穿着一件对襟的碎花棉上衣，她长得漂亮，但是眼神紧张不安，脸上有一种坚硬而清冷的气味。南生觉得困惑。为什么，父亲又和不同的女人坐在一起。

他再过一星期来接你。接你去城里上学。外婆说。

南生说，我不要离开枫桥。

你不属于这里。你要到城市里去。但是不管在哪里，妈妈，外婆，还有基督，都会和你在一起。

最后一天离开的枫桥的夜晚。父亲一早就会过来接她。南生睡不着。外婆也没有睡觉，给南生用洗干净晒干的白棉布做衬衣、裙子，给她做了一双布鞋，在鞋面上用丝线绣上牡丹和鸟。外婆把一本旧的《圣经》给南生。她说，南生，你要带着它。南生走到厅堂里。厅堂依然黑暗而空旷。只有月光淡淡地照进来，照着木板床的蚊帐。

南生走过去，撩开蚊帐，像父亲常有的那种样子坐在上面。她等待妈妈出来和她说几句话，可是周围一片寂静，只有院子里昆虫的鸣叫。她累了。躺上去，把脸贴在那块血斑上，紧紧地贴住它。窗外有夜鸟飞过的声音，院子里寒风呼啸。南生蜷缩着身体，睡在母亲死去的床上，看到月光从屋顶的漏洞里轻盈地洒落进来。然后她睡着了。

那是南生第一个印象深刻的梦。她看到自己在大溪岭的山顶，俯瞰着苍茫的浓绿树林。风声呼啸。南生张开手臂，以自由的姿势往下坠落。加速度带来惊悸的振奋。南生屏住呼吸看到时间在耳边擦过。

离开枫桥的那一天。南生牵着父亲的手在田埂上走，露水打湿了她的鞋子。父亲看到，默默地蹲下来，让南生趴到他的背上，背着她走。南生回过头去看外婆。外婆提着南生的行李，一只用蓝印花粗布扎成的包裹。一边走一边掉眼泪。

路过小镇的长途车很长时间才有班次经过。在车站里，一个流浪的乞丐路过，给南生算了一卦。那个看过去有点疯癫的妇人对父亲说，南生的左眼角下有一颗泪痣。那颗浅褐色的痣散发出诡异的气息。她的一生会被爱欲害苦。而前额长得洁净明亮，高而宽阔。有壮丽的气势，一往无前。但是，她的命太坚硬，力量太强大，会克住所有爱她的或被她爱的人。他们必然会为她而死或离别。所以，南生会背井离乡，孑然漂泊。

南生因为疲倦和寒冷，靠在父亲的手臂中已经迷糊地欲睡未睡。外婆用粗糙温暖的手抚摩她的头发，在一边轻声叹息……外婆在几年后因为重病去世。南生也再没有回到她出生的小镇。那一年，南生七岁。

父亲对南生说，等在这里。南生。等我回来。他过马路去给南生买热馒头。买完馒头站在街边等着过马路。三分钟之后，他离开了南生的世界。

两三个干瘦的衣着肮脏的外地男子经过他的身边，突然蜂拥而上抢走了他的包。他大声地叫喊着，追随他们冲进人群。混乱和喊叫声以及纷飞的雪花淹没了他。他知道他的小女儿在马路对面等他回来，所以热馒头一直紧紧地捏在他的手心里。但是他要追到他的包然后带着小女孩回家。他的心里有了焦灼的预感，这使他的神情更加疯狂。虽然他奔跑的姿势因为疲倦和寒冷充满挣扎。

在跑过路口的时候，一辆疾驶而过的大货车迎面驶来。急促的刹车让轮胎在马路上摩擦出刺耳尖叫。站在马路上的女孩看到一群黑色的飞鸟低叫着远离。

林和平

南生第一次见到继母兰姨是在派出所里。兰姨带她回家。

外面在下雨。兰姨手里拿着一把伞，伞尖滴滴答答地渗出冰冷的水。她穿着红色的涤纶西装上衣。那件衣服使她的脸色陈旧。她的手指轻微而持续地颤抖，以至于只能交握着自己的双手，无法放松。

你是南生吗？她的声音很轻。南生点头。她闻到女人口腔里复杂的气味，是沼泽中腐烂的花朵的腥臭。危险的气味。她看到女人苍白而瘦削的脸。她手里抱着自己的包裹，下意识地后退两步，把背靠在坚硬的墙壁上。

女人靠近她，站在她的对面，低下头看她。她的眼神空茫，直直地盯着南生。然后她伸出细瘦的手指，犹疑地在南生的头发上轻轻地抚摩了一下。她说，你爸爸死了。南生。

那一年，兰姨三十三岁，是容颜艳丽的女子。个子小巧，皮肤白净细腻，说话的语调始终没有长大，即使成年以后也是少女般的甜美婉转。十六岁之前她是养尊处优的上海女孩。能歌善舞，学校里的校花，幻想自己能在舞台上裙袂飞扬，嫁给一个英俊高大的部队飞行员。这种欲望折磨她太久。而现实是，因为家里的成分问题，她被迫离开上海来到N城。在这个沿海小城市里，成为绣品厂一名普通女工。

一生就这样成了定局。注定被自己美丽的容貌、高傲的心气和宿命的缺陷所困。十九岁，因为失望，胡乱嫁了人。介绍人是厂长。男人是厂长的亲戚，一个货车驾驶员。努力工作，闲来只喜欢喝酒和打牌。其貌不扬的平庸男人。但因为和厂长的关系，帮她换了轻松的工种，成为质监员。二十岁的时候，生下儿子和平。

结婚以后她对自己精致的五官失去关爱，经常蓬乱着头发，不化妆，只喜欢鲜红的颜色。她的衣服颜色都很鲜艳，仿佛纪念着自己青春残余的落寞。忧郁症像潮湿的霉菌，一点点地侵蚀了她的精神和容颜。鼻子和嘴唇边的线条充满压抑，像干涸的河床。有时候神情呆滞，有时候暴躁狂乱。因为一点点不如意而歇斯底里。她的情绪像一场灾难，像混浊的夹着泥石流的河水，在某一个时刻就会汹涌奔腾。

前夫忍受十年。在某个夜晚，当她再次发疯般地砸东西，并用一个杯子砸伤他的眼睛之后，他选择了离去。

婚姻的解脱一开始还是带给她希望。她正当盛年，依然有如花盛开的容颜和欲望。虽然生活窘迫，还有孩子的负累。她的天性并不喜欢孩子。她无疑有欲望和野心，一直希望自己还能够重新回到以前的生活。男人成为唯一的救赎。她抓住一切机会和有身份地位或某种权势的男人交往。她尝试带那些男人回家。但心里明白一个带着孩子的寡妇，对男人来说，只是可有可无的消遣。

当前夫离开以后，她却发现那些平时给了她很多诺言的男人，并无心把他们的诺言变成现实。她再次遭受打击，不明白自己是自取其辱。像所有不幸而无法甘心的漂亮女子，孤独和欲望成为她最大的敌人。她渴望温暖和安全。然后，她遇见这个男人。

男人穿干净的蓝卡其中山装，胸袋上别一支英雄牌钢笔。脸上有沉默而高贵的神情。虽然他只是工厂里一个坐办公室的普通职员。她无法得知他是否爱她，但他容忍她的脾气。在她摔东西或咒骂的时候，只是坐在一边沉默。而且显然，他是一个真诚可靠的男人，没有花言巧语，没有权势，但善待她和她的儿子。一个聪明的女人能够轻易地分辨男人的感情。一年以后，她嫁给了这个男人。

她知道他在乡下有死去的妻子，还有未成年的女儿。他想接女儿到城市里来上学。她让他发工资以后买戒指给她，以后所有的收入都归她管理。他都答应。他说，你要一直让我的女儿留在这个城市里，并让她上学。她也答应。那天他提了一个黑包出门去坐长途车。三天以后，她看到了他血肉模糊的躯体，他的脸上没有丝毫留恋的表情。

匆促的葬礼夹杂着不知所从的哭泣和悲号。兰姨想起她再婚只有四个月，就失去一个刚刚给她带来希望的可以依靠的男人。她对自己的生活充满无助。这种无助兜头扑上来，让她有无法呼吸般的恐惧。仿佛黑暗的大海里一个沉闷的浪头，寒冷彻骨。这种恐惧只有带来厄运的南生能够让她发泄。南生一直默默地站在墙角，面无表情。

她提起南生的衣领，把她推搡到她父亲的尸体旁边，沙哑着嗓子说，去看看你的父亲。流几滴眼泪在你父亲的身上。你就要见不到他了。是你杀了他。南生的脸被压到那个平躺着的男人的脸部上方。她的呼吸急促激烈，好像要把她的胸口爆裂。可是她的眼睛一片空茫。她只能看到男人额头上的一小块血斑。它隐藏在他的黑发后面，没有被化妆师傅擦干净。

她直勾勾地看着那块已经凝固僵硬的血斑。她闻到寒冷的空气里属于父亲身体的气味，带着血的腥甜和一丝神秘的关联。她深深呼吸。冰冷的空气中飞翔着黑色的鸟群。它们的翅膀掠过女孩的脸。她看着它们。

很多人围上来，兰姨被强硬地拉开，她立刻发出尖厉的野兽般的哭号。有一些陌生人的声音混乱地此起彼伏。

不要把孩子吓坏。放开孩子……

和平。和平。带着你妹妹回家去……

众多混杂的声浪在身边涌动。南生被无助地推来搡去。然后那只攥着她衣领的绝望的手终于松脱而去。

和平那年十二岁。他一直坐在门口的石头台阶上，闷闷不乐地丢着石头。他穿着黑色羽绒外套和粗布裤子，球鞋很脏。剃平头，眼神阴沉，瘦而沉默的少年。他懒懒地站起来，钻过混乱的人群，看到那个受到惊吓的脸色苍白的小女孩。他的下巴对她扬了扬，自己先一声不吭地跑了出去。

南生跟着他走。他们走出火葬场，踩着满地的碎纸片，它们在风中脆薄地打转。公共汽车站没有人。和平和南生一高一低地站在街边等车。车子开过来，他们上了车。那天已经是除夕。雪下得很大，街上所有的人都行色匆促，脸上有兴奋而疲倦的表情。可是对这一家人来说，这是一个黑暗的日子。他们不知道如何去承担它。

车子在市区一个街口停下，和平的下巴又微微晃动一下，示意南生跟他下车。南生的鞋带散了，不敢停下来系。她跌跌撞撞地跟着他走。路上都是积雪和雨水融合的泥泞。弯弯曲曲的小巷拐来拐去，如同迷宫。和平走得飞快，走一会儿停下来，等着南生跟上去。他对她有一种因为陌生和由于她而带来的灾祸所产生的敌意和冷淡。他的脚步重重地落下，飞溅起黑色的泥水。可是同时他又被自己心里一种复杂的怜悯所困扰。这个女孩子满脸天真。她是一个孤儿。她的眼睛一无所知，纯洁得甚至没有眼泪。

夜晚八点多的除夕晚上。南生跟着和平走在下雪的空荡荡的巷子里。

南生停住脚步。雪下得越发大了，南生的头发和围巾上都是厚厚的雪花。和平转头看她，他粗声地说，干吗不走。她说，我饿了。她低下头看着自己的鞋子，鞋带已经被泥水泡烂。和平走过去，蹲下身为她系好鞋带。他的手指上沾染着肮脏的污迹，顺手在自己的衣服上擦了几下。他看着她，她也看着他。周围一片黑暗，只有鞭炮声此起彼伏。

他们找到一家还没关门的小面馆。和平说，来一碗阳春面，再来一碗牛肉面。他们坐在油腻而肮脏的木头桌子旁边，一只昏暗的灯泡悬挂在屋顶上，电视里的欢歌锣鼓很嘈杂。店老板端上来两碗热气腾腾的面条。和平把阳春面放到自己的面前，把牛肉面推到南生面前。

南生看着面条。她的面条上有数片卤牛肉和香菜，和平的面条上只有一点葱花。和平一言不发，拿起筷子埋头就吃。南生也拿起筷子。房间里温暖的灯光照亮面条的热气，两个人的额头上渗出微微的汗珠。这是南生吃的第一碗牛肉面。南生记得。城市里的面条，汤汁油腻而厚重，牛肉脆薄鲜美。是她吃过的最美味的一顿食物。她把汤都喝得干干净净。

她抬起头，看到和平用阴郁异样的眼神看着她。他说，不要告诉妈妈，我们吃面条了。明白？南生点头。和平又说，吃饱了吗？南生说，饱了。他们走出面馆。小面馆门口挂着两只喜洋洋的红灯笼，台阶上堆起湿漉漉的积雪。

兰姨在凌晨的时候回到家。眼神狂热，嗓音沙哑。经过亢奋的悲伤和歇斯底里，被别人扶着回来。她看着南生，面无表情地说，今天你乡下阿姨代你外婆打电话来，说要接你走。我说，我要遵照你父亲的意思，把你留下来。以后我们家吃什么你就吃什么。

南生住在和平的房间里。那里搭了一张小床。是一间朝西的窄小的房间。陌生的床陌生的被子陌生的气息。窗外依然有零落的鞭炮声。一切都是逼仄而寒冷的。她坐在墙角，一声不吭。外面很快响起兰姨与和平的争吵。兰姨愤怒的声音有尖利的破碎，像一地的碎玻璃。

和平，你是不是拿了我放在桌子上的五块钱？

我没拿。

她说，你不但偷钱你还撒谎。你就跟你爸爸一样流氓。你是不是出去吃东西了？

和平说，没有，我们出去看放鞭炮了。

你胡说。她尖叫。猛然响起来热水瓶摔在地上爆裂的声音。热水和碎片在房间里一片稀里哗啦。兰姨走过去扭住和平的脖子扇他耳光。她用全身的力气扇他的耳光。和平像动物一样愤怒而沉闷地挣扎。兰姨大声地叫，你给我跪下来。流氓。没心没肺的东西。你跪下来……

南生在墙角用双手紧紧地堵住耳朵。她听到肉体被粗暴地推搡和击打的声音。她没有经历过这样的场面。心惊惶地跳动，似乎要碎裂一般。过了很久，外面安静下来。窗子有雪光映照进来。和平走进来，他在黑暗中脱衣服。他往墙角大声地吐出嘴巴里的血水，呼吸粗重。脱了一半看到南生坐在床上，靠着墙角在看他。他闷声地说，你不睡觉做什么。

南生走到他的床边，用手去摸他的脸，他疼痛地闪避，粗暴地说，别碰我。他爬到床上，把被子拉起来盖在身上。他的胳膊上有被玻璃划伤的血迹。南生看到自己手心上黏湿的血迹，那是和平伤口上的血。她捏紧手心，沉默地站着。她低声地说，以后我们不要再出去吃面条了。

他说，没事。以后我还带你去。

她为什么这样打你。

她有病。和平冷漠的声音在被子下面响起来。他不愿意再说话。

在模糊中即将睡过去的时候，和平听到女孩的床上发出声响，轻轻的，若有若无的辗转。他听了一会儿，下床走过去。南生全身蜷缩在一起。他摸她的额头，皮肤滚烫像火烧一样，烧灼他的手心。他摸她的手，她的身体在轻微地颤抖，皮肤也是干燥发烫。他说，南生。你生病了。

我要回家。女孩子的声音很轻，但很坚决。

这里就是你的家。

他扶起她的脸，想喂她吃药。摸到女孩脸上的泪水。她的整张脸被冰冷的眼泪浸湿。他想开灯。她不愿意。她说，为什么是我杀了爸爸。

和平看着她，发现自己说不出话来。犹豫着，伸出手蒙住她的眼睛。她眼睛里的泪水。温暖的液体浸染他手心的皮肤。他说，谁说你杀了你爸爸。他只是离开你。

童贞的过往

南生在N城的生活就这样开始。N城位于浙东沿海，是一座只有七十万人口的古老小城。一直有人不断地背井离乡，外出谋生。有大部分的居民迁徙到上海和江苏一带。这个小城市，有着每年一季带着海水腥味的剧烈台风，逼仄的小巷子，陈旧的梧桐。他们吃很咸的蟹糊和虾酱。家庭有着严格的传统和规矩。

和平的家，是在沿马路的大杂院里。那条马路叫孝闻街。街上有古旧的青石板。从石板缝隙里生长出细细的野花茎，开出艳黄的花朵。马路两边的梧桐，一到台风季节总是会被刮得枝叶残落。大段大段的粗壮树干倒在路面上，被大雨浇成了黑色。于是整条街道上都会散发出植物伤口辛辣的清香。

马路两边，有很多大杂院颓败的院门。古典的明清造型，墙头伸展出瓦松和蔷薇花丛的绿意。院子通常有一条阴暗幽深的弄堂，两边堆满居家的杂物。比如废弃的自行车、床板、椅子或者旧鞋子。穿过去，可以看到天井和木楼梯。通常里面可以住二十多户人家。还有洗衣服倒脏水的阴沟及公用的厨房。邻居们低头不见抬头见。

南生住在二楼。只有两间房间。厨房在楼下，是八户人家公用的。走廊的墙角里，放着脸盆和毛巾，可以在那里盥洗。薄薄的木结构地板和墙壁，因为年代的长远已经暗淡和腐朽。兰姨最终又在小房间上面搭出一个阁楼，给南生住。由小而陡峭的木楼梯爬上去，还得掀开木板。阁楼很小，用钢丝拉出平顶，糊上厚厚的牛皮纸。墙壁贴上干净的报纸，放一张钢丝床，一张破旧的木桌子。

雨天有滴滴答答的漏水，经历过黄梅天，潮湿的贴纸开始晕出一团一团肮脏的水纹。整个房间都有潮湿的气味。但是推开阁楼顶上的玻璃窗，能看到一角蓝色的天空。

睡在阁楼上的第一个夜晚，因为炎热和陌生，南生做了梦。梦见自己回到乡下的大堂屋里。空荡荡的大屋子里还有谷子的清香。那张大木床，垂着帐篷一样的布幔，好像与世隔绝的洞穴，温暖迷离。她看到父母躺在上面。她看不清楚他们的脸，却闻到他们身体和皮肤的气味。有血的淡淡腥味。她躺在母亲的身边，然后又穿过被窝，爬到另一头父亲的枕边，黑暗的行程充满冒险的乐趣。男人让她摸他的下巴，那里有硬硬的胡楂。当他用下巴磨蹭她的脸，她尖叫着笑起来。

南生第一次听见自己发出这么响亮的声音。当她醒过来，看到高高的玻璃窗漏进来的月光，水一样地流淌在床边。南生感觉自己被整个世界遗弃，孤独深不可测。她睁大眼睛，一动不动地看着天窗外的夜空。夜空深蓝。星光闪烁。那是她在小镇里曾看到过的，一整个天空的绚烂的繁星。可是在城市混浊的夜雾里面，已不再明亮。

九月。南生去街道所属的学校插班读书。家里一下子要供养两个孩子读书，景况不是很充裕。南生与和平，还是要帮家里做很多事情。比如课余去附近的木材厂刨树皮，这样生炉子的时候可以节省用煤球。没有电视，没有玩具，没有游戏。对南生来说，最快乐的事情，只是每个星期天，与和平一起去木材厂刨树皮。

其实这是苦累的差事，两个人总是搞得一身臭汗淋漓。先得在厂门口等半天，等粗大的圆木被推进来，就要跑上去匆忙地把树皮刨下来。因为很多人都会来做这样的事情，而厂里面的管工还要来驱赶。所以匆促和抢夺中，常会被木刺扎了手或把手臂蹭破。最严重的一次，和平左手臂上整块的皮肤被磨掉，露出鲜血淋漓的肌肉。

但如果不出什么意外又满载而归的话，和平会带她去附近的铁轨上玩。那里有两条铺向远方的铁轨和被太阳晒得滚烫的碎石子。用来运送木头和煤块的火车停在一边。附近居住的人把洗干净的床单铺在石头上面晾晒，偶尔有麻雀踮着脚一样轻盈地走过。

铁轨边有大簇大簇的长茎的雏菊。附近铁道管理站养的大黄狗在路上摇着尾巴走来走去。南生跟着和平在铁轨上面走。有时火车轰隆隆地经过，南生用手捂住耳朵，感觉飞掠而过的呼啸风声，兴奋的神情。和平扔着石头，淡淡的。他只带着她玩。看着她采了野花，抓在手里，然后走在铁轨上，摇摇晃晃地平衡着身体。等到夕阳降落，暮色清冷的时候，两个人拎了沉重的大篮子回家。

如果和平愿意，他还是有很多种让南生快活的方式。比如带南生去抓萤火虫。在郊外的野地草丛里，踩进小河里，打着手电。把萤火虫放在玻璃瓶子里。附近稻田里有青蛙在叫。成熟的粮食在风中散发出芳香。树林传来神秘的语音。如果水太深，和平就让南生趴在他的背上。那些萤火虫常常在一夜之后死去，僵硬的小尸体让南生震慑和难过。和平问她，还想去抓吗。南生说，它们会死。和平冷冷地说，任何东西都会死的。只要你觉得快乐。

回家的路上有冷饮店。南生记得西米露是二毛钱一碗。贫乏的生活很少有机会吃到甜食。这糯糯的小圆粒，奶白色的汤汁。甜腻的，有清凉的小冰屑。是奢侈的享受。冷饮店天花板上的电风扇呼啦呼啦地转动着。和平和她，一个人一边坐在木桌子的两端。和平买一碗，放到南生的面前。看南生用勺子搅动，一颗一颗地嚼，舍不得一口气吃完。和平就用手指背敲她的额头，粗声骂，快点吃完，不要磨磨蹭蹭。南生吃了一半，把碗推过去，说，我吃不下。你吃。和平又推回去，说，吃不下也得吃。

虽然面对着生命的诸多艰难和无法跨越的悲凉，南生与和平还是自由自在地长大。

兰姨依然在绣品厂上班。同时接一些私活在家里做，帮别人在衬衣、枕头套、桌布、窗帘上面绣花。每天晚上，家里都是缝纫机踩动的声音。一直持续到凌晨。有时候她出去看戏。也会有陌生的男人来家里。只要有男人在家里，兰姨就心情愉快。脸上有妩媚的神情，会用甜美的嗓音哼歌。

但总是有些事情不遂心愿。比如失去婚姻。没有可靠稳定的感情和诺言。不停劳作的未来。以及两个需要被承担的孩子。一旦忧郁症暴发，她就歇斯底里地发作。她不轻易打南生，因为南生不是她的孩子。她只把南生当成家里的一把椅子或一只水杯，放在那里可以不寄予感情。

和平是她唯一的敌人和亲人。她折磨他，以各种让自己感觉快慰的方式。打他耳光，压制他，命令他，把东西胡乱地朝他砸过去。家里的热水瓶、碗、盘子，总是时常碎，需要重新购置。局促贫穷的生活，让她对自己失望。

和平渐渐习惯和他的母亲一样，用粗暴放纵的方式发泄他的感情。他心里柔软温暖的东西渐渐被压抑，不敢轻易透露出来，怕受到伤害。曾经他是喜欢读书的孩子，成绩很好。物理还曾参加省里的比赛得了高分。他有能力持续升学，用学业来解救自己。兰姨不关心他的学习成绩。他拿回来的三好学生奖状，她随手就扔进了垃圾桶。和平忍耐着自己的母亲。忍耐她歇斯底里的心理疾病和她反复的突如其来的情绪崩溃。直到那一年，和平知道自己的身世。

他始终以为自己是父亲的孩子。虽然他们离异，父亲一去不复返。那天她带他去见一个男人，说他才是他真正的父亲。和平英俊的外表和桀骜的性格，和那个窝囊的司机没有任何关系。她想问那个男人要些钱或者一个机会。他曾经是工厂上级部门的一个领导，比她大十多岁。她在婚后认识他，孩子是他的。她天真地以为爱欲的余烬会给他们母子带来改变。在饭桌上，男人谨慎地打着官腔，用微妙的眼神审视着和平。她让和平叫他父亲。和平愤而离席。那年他十六岁。

是母子吵得最凶的一次。因为失望，他们像疯狗一样彼此咒骂和扭打。拿起东西乱砸。兰姨气得浑身发抖，因为和平的反抗比任何一次更激烈。他骂她臭婊子。她抓着他的头发猛扇他耳光。她说，你居然敢这样对我。早知道这样就该生下你就把你掐死。我恨我自己生下你。你就和你父亲一样无耻。

和平的脸肿了，嘴角淌出血。他说，那你杀死我，你现在还来得及。兰姨不语。她径直走进厨房拿了菜刀出来。南生尖叫，扑上去争夺。和平推开她，从兰姨手里夺过菜刀。他的脸上露出嘲弄的微笑。他说，你吓唬谁。如果我可以选择，我又为什么要做你的儿子。

他把刀对准自己的左手臂剁下去。南生的脑袋轰的一下，她的眼睛里只有一片红光。和平僵硬地抱住自己受伤的手臂，温热腥甜的血液从他紧捂的手指间喷涌出来。那么多的血，黏湿地浸润了皮肤和衣服。和平往外面跑。南生跟出去。她听到兰姨绝望的声音，她说，让他滚。他死不了。雨下得很大。整个城市被雨雾弥漫。闪电划破天空。和平狂奔的身影就如同受伤的野兽。终于在大街的拐角处消失。

和平的青春变成混乱而堕落的一场战争。他放弃学业，整日逃课，热衷于运动和打群架。认识街头流氓，并很快成为他们的一员。和他们一起嘴上叼着香烟，混迹于大街小巷。他打台球，偷摩托车，斗殴，赌钱，沉沦于漂亮女生和黄色录像。和平渐渐长得高大挺拔，但眼神阴郁而邪气。手臂上那道丑陋的伤疤结束了他疼痛的少年，留下无法平复的创伤。

和平频繁地夜不归宿。兰姨到处找他，每次一找到就一顿臭骂。和平和母亲之间的感情彻底破裂。在他们彼此纠缠的时候，南生甚至在和平的眼睛里看到一种得逞的愉悦。他喜欢让他的母亲愤怒。他得心应手地采用自虐和虐人的方式。折磨他人。解放自己。

南生在学校里没有朋友。因为她的生活有诸多禁忌。她不对任何人提起她的家庭，父母。而其他同学知道林和平是她的哥哥，对她均采取躲避的态度。看她的眼神不免轻视。过于浓重的自我保护使南生成为一个神情冷淡的女孩。在她的心里潜伏着一个深渊，扔下巨石也发不出声音。

这个深渊让她独来独往。不轻易说话。也无笑容。脸上有一种类似于兵器般冰冷的气质。像一把刀插在鞘中，虽没有拔出，却让人感觉可随时出现的杀伤。南生和她周围的世界产生距离。她难以相信别人，也不相信自己。她的世界是一座黑暗的上了锁的洞穴，她只有蜷缩在里面才感觉安全。所有的喧嚣和南生没有关系。一个人的时候她才自由自在。她拒绝被靠近和了解。

大部分时间是在图书馆里。她看书，借阅全套的外国名著。在上数学课的时候把课本挡在上面看小说。那种折磨着她的，时而振奋时而又沮丧无比的激情再次出现。而在看书的时候，来自思想深层的沟通，就像输血的大针头一样，重重地扎进她的血管里。她是一个贫乏的人。急于抓住任何东西来填补自己。有时候她想起在大溪岭的山顶。她感受到的剧烈的阳光和风速。她的尖叫。她放纵而纯真的童年。那是她灵魂里面光明的东西。她把它们埋藏到深不可测的底处。

南生已经近三个月没有看到和平。他和那些混混儿同居。住在北街电影院后面的一条弄堂里。南生去找他。那是一个阴雨天。南生穿着白衣蓝裙，撑着伞。她站在黑暗窄小的走廊里，看到很多紧闭的房门，不知道和平在哪里。于是大声叫和平的名字。

在她背后，有一道门打开来。一个赤裸着上身的男孩出现，嘴唇上叼着烟看她。

你找和平干吗。他没空。每天都有妹妹来找他。

南生说，我就是他妹妹。她推开他，沿着门后的走廊径直走进去。黑漆漆的房间里弥漫着一股暖昧腐烂的味道。有低声的呻吟。南生陡然看到两具赤裸的身体在电视机的蓝光里蠕动。屏幕上在放录像带。和平的脸上有一种死亡般的沉溺和麻木。南生站在阴影里看着他和陌生的女孩做爱。她的目光冷漠。然后他看到了她。

你怎么会进来。他神情惊慌，恼火地把毯子扔到地上，盖住女孩的裸体。女孩哼了一声，用毯子裹住身体，走到里面的房间去。南生安静地看着他。以后不许到这里来，知道吗。你再来我打断你的腿。南生冷冷地说，兰姨这几天生病了。她一直胸痛。他在黑暗中摸索了一会儿，递给她一沓纸币。他说，让她去看医生。剩下的你交学费，买点书看。我不是问你来要钱的。她平静地看着他。和平一个耳光抽过去，他粗暴地吼叫，那你来做什么，来窥探

我如何和女人做爱吗。

那是你的事。南生说。她冷漠的眼睛像一朵清冷的花。唇角渗出了血。窗帘已经被和平拉开。刺眼的日光下面是和平憔悴而灰暗的脸。一张沉溺于香烟、酒精和情欲的脸。她看着他。然后她说，

我走了。

南生拿了伞转身离开。她穿过走廊，走出房门，走下破旧的咚咚作响的楼梯。天庭里的雨水打在青石板地面上，发出哒哒的声音，水花四溅。南生穿着凉鞋的脚泡在水中，脚趾冰冷。她的眼泪灼热地流下来。她等在那里。和平套了一条牛仔裤，匆忙地赶下来。他把钱塞到她的手里。

南生。你要好好读书，知道吗。不要再来这里。他摸她的脸，还疼吗。南生摇头。她说，学校已经通知我，直升省重点中学。

很好。和平笑。他用手捏南生的下巴。好好读。你什么时候回家。不知道。我想离开这里。去哪里。广州。他们说那边能挣钱。

夏天的时候，和平来看她。和平等在校门隐蔽的角落里，对南生吹口哨。他穿着旧牛仔裤，叼着烟，不羁的样子引得女生侧目。南生跟着和平七绕八绕，来到郊外水泥厂的仓库。那天阳光曝晒，天气非常炎热。他们走得很快。南生跟在后面一声不吭地追随着和平。他带她到一间很小的破旧房子里面。

里面空无一物，除了简单的灶台和铺在地上的床垫。被褥乱七八糟地叠着，到处是剩菜和冷饭。肮脏混乱。和平一进去，就把能找到的食物都放在一个锅子里加水煮，准备水开了捞上来吃。他一直在抽烟，辛辣的劣质烟。身上的衣服散发出一股发霉的臭味。胳膊上有斑驳的血迹。南生走过去，撩起他的袖子，看到两道新鲜的创伤，已经溃烂流水。

又打架了？

出了点事。和平轻描淡写。赌钱输了，欠了债。然后两个女人怀孕，硬说是我的。他妈的。他笑。狠狠地吸烟。这房子朋友借给我暂时躲避一下。我现在不能上街。一被他们看到，就要砍死我。

南生不说话。她心里已经有预感。他说，我准备去广州。今天晚上就走。搭朋友的一辆货车。他已经收拾了东西。一口旧皮箱，里面胡乱地塞着衣服。

南生说，你有钱吗。

到了那里再说。

那你等我。我马上就来。

南生奔跑在大街上。跑得气喘吁吁。她的汗水顺着额头往下流淌，刺痛了眼睛。在某个瞬间，她的心里突然感觉到绝望。一个曾经爱护她，带给她快乐和温暖的人，又要离开她。是她身边仅剩的一个。但是她留不住。

家里没有人。南生跑到小阁楼里，把她平时储蓄下来的零用钱全部倒出来，是一堆硬币和毛票，用一块手绢包起来。找到红药水和纱布。走进厨房，没有吃的东西。又找和平以前的旧衣服，整理出几件比较干净的，放进包里。然后她往回赶。

经过熟食店的时候，南生停住。她走过去，隔着玻璃窗对里面的营业员说，阿姨，给我一只烤鸡。是整只吗，小姑娘。营业员看到穿着白衣蓝裙，一脸洁净的南生，心生好感。帮她挑了一只烤鸡，磅了秤递给她。阿姨，你再帮我称半斤凤爪。在营业员低头去挑凤爪的时候，南生抓住烤鸡就往马路对面的小巷子飞快地跑过去。身后传来尖声的呼叫，哎呀，小姑娘，你怎么不付钱……南生拼命奔跑。

和平涂了药，扎上纱布，换了干净衣服。然后他扫了她一眼，说，这只鸡怎么来的。我偷的。南生说，我有了钱就还给她去。为什么要这样做。和平看着她。他的眼睛深处有阴影，然后迅速地恢复了以往不羁的眼神。你是不是喜欢我，南生？

南生推开他的手。独自走到床边坐下去。她把头埋在自己的膝盖里。和平捧起她的脸，南生倔强地看着他。眼睛里有泪水。和平，你要答应我，在广州你会好好的。

那个夜晚，南生与和平在一起。她蜷缩在床上睡着了。和平坐在旁边抽烟，走来走去。南生说，你等会走了记得叫我。我要送你。和平说，好。你快点睡。

他伸出手抚摩她的眼睛。粗糙温暖的手指。然后他的嘴唇俯过去，轻轻压在南生的眼皮上，吸吮掉她的眼泪。南生屏住呼吸，一动也不敢动。只听到自己的心怦怦地剧烈地跳动，似乎要碎裂了般的疼痛。她紧紧地闭住眼睛。黑暗中出现的是冬天的大雪，和平推给她的牛肉面。和平在夜色的树林里，背着她捉萤火虫。和平手臂上的鲜血。模糊中她听到和平说，南生，我是第一个吻你的男人。

你记得。

半夜她终于疲倦。闭上眼睛睡了过去。看到自己走在一条陌生的小镇街道上，路人说着她听不懂的异乡语言。阳光很好，一地都是陌生的花朵。深紫色，花瓣肥厚而汁液饱满。脚踩上去，汁水飞溅。她走在路上，似乎是去见一个人。心里紧张而兴奋。觉得脚下越来越湿，低下头看，汁液变成了鲜血。而鲜血来自她的手腕。她抬起手，看到上面鲜血淋漓的伤口。而她整个人是被捆绑着的。不能回头走，也无法停止。她惊叫一声，清醒过来。看到房间里洒满刺眼的阳光。天亮了。和平也早已经走了。

她的身上盖着毯子。那只烤鸡和包着她的零花钱的手绢放在桌子上，和平没有带走。他给她留了一张纸条，上面写着一个传呼号码。南生。有事情就打电话。把鸡还回去，以后不许做这样的事情。

和平离开的第二个夜晚，南生来了例假。那年她十三岁。她梦见母亲睡过的铁床上的血斑。那块血斑散发出甜腻而芳香的气味，一点一点地晕染开来，然后爬上南生的皮肤，蔓延着把她覆盖。她的母亲。面目模糊的女人。一双温暖柔软的手。她抚摸南生，轻轻哼着歌声。那张大铁床脱下雪白的尼龙纱床幔，父亲站在床外，安静的姿势。就像他曾经站在人群熙攘的大街上准备向她走过来一样。

南生醒过来的时候，看到是凌晨四点多。她看到了床单上的血迹。她不知道这血是从哪里来的，看看身体，没有任何伤口，也无痛感。她把被子翻来覆去地找。然后她突然明白过来。脑子里清醒。抱了床单轻轻下楼。

厨房里空无一人，南生拿出洗衣盆把床单泡下去。外面是淡青色的天空，还有暗淡的星光。南生的双手泡在冷水里，轻轻揉搓着血迹。她确定那些血液是来自她的身体。洗干净的床单晾晒在细麻绳上。在风中轻轻地飘动。南生展开床单，把脸贴近，仔细地看着。淡淡的痕迹。

她的童年就这样过去了。

兰姨自从和平不辞而别以后，就像一只硬撑着的皮球被扎了一下，小小的缺口，让她全盘地崩溃。她的忧郁症加重，去医院配了很多药。那些药让她的脸浮肿，神情更加呆滞。南生很努力地读书。她清楚读书是她唯一的出路。一直在全班四十多名同学里面遥遥领先。只是她的字写得不好看，因为阁楼里的桌子太低。南生每次都跪在地板上，然后身体趴在小桌子上，用力地在作业本上做抄写。她的眼睛一会儿就痛了。疲倦的时候，南生爬上小梯子，打开天窗，从阁楼里钻出去。

外面就是瓦片的屋顶，开着一蓬蓬的瓦松花。麻雀和鸽子停在上面，南生的窗户一打开，鸟群就扑扇着翅膀飞走，一边发出低低的叫声。南生不敢出去太多，只能把身体靠在窗框上，然后一点一点地把脚移出去。当阳光晒到她的脚，她轻轻地扭动自己的脚趾。只有那时候，南生是快乐的。

在学校里她喜欢一个人跑到操场上，看高年级的男生打篮球。坐在石头台阶上，沉默地看着那些大男孩在操场上奔来跑去。天空很蓝，远处有火车的铁轨，不时地听到汽笛的鸣叫。等到他们打完篮球回家，天也差不多快黑了。南生在暮色弥漫的操场上跑步。一圈又一圈。只有在激烈的风速中她才能感知到自己内心的激情。她长大的心，就像一只鸟，渴望着自由。

不愿意回家。常常独自在大街上漫步到天黑，爬到高高的人行天桥上，看着下面的车水马龙和陌生人群。暮色弥漫的城市街道，行人和车辆喧嚣地像潮水一样出发和回归。冬天的夜晚寒风刺骨。南生想，她会有一个完整的家庭。她会爱上一个男人，为他生很多孩子。会和这些属于她的亲爱的人互相陪伴，不离开半步。直到天荒地老。她渴望所有她缺失的感情。

开始读高中。十七岁的时候认识了许榛生。

许榛生是邻班的班长。一个来自北方的男孩。瘦瘦的，有明亮的笑容。很多场合他们遇到：开大会的时候上去领奖，图书馆，社团活动，食堂，各种竞赛，还有校园的小路上。他每次见到她，就微笑着对她点头。南生想，明亮的笑容就是这样，灿烂天真，一览无余。还有热情和善良。在她的生活里，很多人没有这样的笑容。不管是和平，还是兰姨，他们总是在愤怒着。

第一次说话是在阶梯教室上公共课的时候，他刚好坐在她的旁边。穿一件白衬衣，短而干净的头发，笑起来的时候眼角有细细的纹路。他说，我们的名字里都有一个"生"。他的普通话带有北方口音，很动听。那堂课很枯燥，他们一直通过笔和纸在交谈。他告诉她，他是北方人，因为父母调过来做一段时间的工作，他也跟过来。他说，他老家所在的城市就有大海。是碧蓝碧蓝的大海，他的父母在休假日常带他去海边玩。

他说，以后放假，我带你去我老家看海。你看过大海吗。

南生摇头。她短暂地微笑了一下。许榛生注意这个孤僻冷漠的女孩已经很久，第一次见到南生明眸皓齿的笑容，为其中的甘甜而微微发愣。

一起相约看过一场电影。那天是南生的生日。南生在图书馆里碰到榛生，尾随他走到校园里。榛生转头看到南生，她的脸在炎热的太阳下，看过去无助而惘然。似乎不知道自己想要什么。他说，南生，有什么事情需要我帮你。南生说，晚上你有没有空，我们去看电影。

那天晚上榛生等在院子外面。南生在阁楼上看到少年已经等在门口，双手插着裤兜。树一样挺拔的身影。她刚洗完澡，换下学校制服的白衣蓝裙，穿了一条粉色的布裙。洗得有些旧了的颜色，但掩饰不住南生青春容颜的光泽。南生穿越漆黑的起风的弄堂走出去，黑暗中只听见裙子打在赤裸的小腿上，发出轻微的啪啪的声音。刚洗过的干净头发还有点湿，直直地垂在肩上，能够闻到洗发水淡淡的味道。

是一个夏天的晚上，很晴朗，风也清凉，院子门口的栀子花已经开得要谢掉了。许榛生穿着蓝色的布裤子和白衬衣，双手插在裤兜里，站在梧桐树的阴影里面。看见南生的时候，他微笑。很白的牙齿，微微皱起来的鼻翼，这样一个微笑，成为南生后来回忆这个男人的唯一一条线索。

放的是一部劣质的台湾片。电影院里空荡荡的。南生和许榛生坐在中间的位置上，周围的座位都是空的。他出去买了汽水和话梅给她。她接过来的时候，发现汽水瓶的盖子已经旋开，话梅袋子也撕开了。南生不说什么，把话梅放进嘴巴里。很酸的话梅。榛生紧张地问，不好吃吗？是不是很酸？南生摇头。

看完电影顺着街道往前走。青石板的路面上有很多坑坑洼洼的缝隙。南生穿着球鞋，偶尔踢动路面上的小石头，它就咯噔咯噔地在寂静中往前滚。走过一条小巷子，就到了南生住的弄堂。一面围墙里面涌出来的一大丛蔷薇花，坚硬的绿色枝叶蔓延，开出一簇一簇的粉红的花朵。南生记得是在那堵灰白的斑驳的泥墙边上，榛生摘下一朵蔷薇给她。他说，南生，你的笑容就和它一样。路灯昏黄的灯光下，榛生温柔的眼睛像一面湖水。

那天晚上是南生的生日。可是她没有对他说。她拿过花，转身就往里面走进去。一边沿着黑暗的楼梯往上跑，一边忍住眼睛的泪水。回到阁楼，慌张地扑过去打开天窗，探出身去，刚好看到榛生抬起头看了一眼，然后转身在寂静的夜雾弥漫的小巷子里走回去。花影幢幢，一个少年的白色背影慢慢消失在夜色里。

看完电影之后，南生和榛生的关系并未激化。也许他们都是认真谨慎的人，在学校里是优等生，常出席各种场合，备受注目。他们只在擦肩而过的时候交会眼神。班级之间不断流传着各种关于恋爱的传言。榛生是被许多女生暗恋的对象，自然绯闻更多。南生有时候在旁边听到女生热切的窃窃私语，听着许榛生这个名字，觉得仿佛是一个不相干的又极其亲密的人。

她没有太多精力思考这件事情。因为兰姨的病情恶化了。在严重的抑郁症之外，兰姨去医院检查，得到的另一个消息是，她得了乳腺癌。胸口痛了这么多年，原来病毒早已经侵蚀了身体。她的乳房里有许多恶性肿块。医生说得做切除，同时接受辐射和针药治疗。

南生记得她在医院走廊里看到兰姨出来的时候，兰姨在笑。她已经很久没有微笑。她的笑容在阳光下很甜美。南生，阿姨快死了。她温和地说，然后慢慢地在走廊上走过去。走廊尽头是一片黑暗。

南生开始每天下午一放学就往医院赶。兰姨住进医院以后情绪起伏剧烈，病情持续恶化。有时候对南生大发脾气，把她端来的汤水兜头倒过去。医生对南生说，你一定要说服她马上动手术，否则就很危险了。她还有没有其他的亲人，快去通知。

南生撑在那里，不想给和平打电话。她心里有强烈的一种感觉，和平回来就会出事情。和平和兰姨的性格都太霸道。有太多危险的气息。南生给兰姨买水果，烧饭菜，洗衣服。夏天酷暑难当，一动就身上全是黏湿的汗。南生快高考要复习，有时候在病房里做作业，做着做着就歪了头睡过去。深夜醒来，看到房间中央明晃晃的月光，兰姨的脸在白色的被子和床单中像一张被压得薄薄的纸片，她的嘴唇轻轻地嚅动着。

南生想念和平。不知道他在那个遥远的城市里如何生活。但是她确定他在故意遗忘她。他从不打电话给她。也没有信件。南生记得与和平告别的夜晚。他不告而别。放弃了这个城市，放弃了他的生活，放弃了他的母亲和家庭。同时也放弃了她。

许榛生要走了。他要考大学，得回到北方去读。因为他的父母工作上的任期已经要结束。南生记得他来告别的那天，她在厨房里为兰姨烧一锅鸡汤。阴暗狭窄的公用小厨房里有一股油烟的恶浊气味。砂锅扑通扑通地响着。南生的汗水顺着额头往下流淌。

她不知道自己可以说些什么。就像在黑暗的电影院里，她接过一袋被体贴地撕了口子的话梅，吃得流出了眼泪。一切就是这样的，能够来的要来的已经来的东西，就只能接受它。有太多的人在对她告别。南生在那一瞬间是绝望的。她看着榛生。她说，榛生，你跟我来。她带他上了阁楼。

阁楼外的一棵玉兰在开花。雪白硕大的花朵，花瓣肥厚而艳丽。春天的黄昏。风中有花粉的气味，榛生身上汗水的气味，草丛和泥土的味道，还有从心脏的每一条缝隙里弥漫出来的绝望的气味。榛生的个子高，在阁楼里必须微微低下头。他看着天窗，说，这里有梯子可以爬出去。屋顶上有什么，南生？

有一群鸟。南生说。她的背紧贴着墙壁。她的心跳得很痛。她把脚上的凉鞋踢掉。赤裸的脚踩在裂缝的陈旧地板上，发出破裂的碎音。她走到榛生的面前，把嘴唇贴在他的嘴唇上。他的嘴唇上有室外带进来的阳光气味。榛生犹豫地俯下头亲吻她。南生纯白的容颜犹如花朵盛开。柔软的，而又冷漠。他的身体热得发烫，呼吸开始急促。浓重的暮色慢慢笼罩了阁楼。一片死水般的寂静。只听见凋落的玉兰花瓣掉落在地上，发出沉重的坠落声，像自尽一样。

榛生轻声问，南生，为什么要这样。

南生说，我想这样。她的眼睛里有隐约的泪光。但是眼泪流不下来。他摸不透她。他也永远都控制不了她。所以，她的心里虽然有恐惧却异常镇定。

她慢慢脱下身上的裙子。里面穿着白色的棉质胸罩和内裤。她又脱下身上剩下的衣服，面对着榛生。她纯真的身体在灼热的暮色中像清香的植物。她把他的左手拉起来，放在她赤裸的胸部上。榛生发出低声的呻吟。他说，南生，你真美好。

你爱我吗。

我爱你。榛生发出含糊的声音。

会一直爱？

一直。

南生微笑。泛滥激情终于以势不可当的力量包裹了她。她闭着眼睛，没有看那个紧紧地拥抱着她的男人。她的心就像一只白色的鸟，振动着翅膀飞速地俯冲下去，顺着深渊，只听到呼啸的风声……她看到外婆家空荡荡厅堂里的月光。漫山遍野的油菜花。刺眼烂漫的金黄，就像血液一样沸腾。然后是和平不羁的微笑，南生，你是不是喜欢我……但是她内心的绝望已经要淹死她。

当他在她身体里面爆发的那一刻，南生仰起头，看到窗外一群飞鸟扇动着翅膀哗啦啦地飞过。

榛生送南生去医院。南生抱着那罐鸡汤，刘海黏着汗水，湿漉漉地搭在额头上，一路无言。走到医院门口，她说，榛生，你一路保重。她没有多余的话对他说。那张刀刃般锋利的面容，花朵一样脆弱的笑容。他困惑与她的突然的激情和结束之后的冷漠，不知所措。

他说，南生，我每周都会写信给你，直到你不愿意再收到我的信。她点头。

她说，再见，榛生。

她看着他回身走过去。走过街口的时候，回头看她。阳光照得她头晕目眩，手心里却是黏黏的冰冷的汗。南生感觉到自己被撕裂的身体，血还在汨汨地流出来。温暖的血浸润着她，让她浑身散发出甜美而混浊的腥味。城市的背景渐渐模糊。那天的夕阳有血红的轮廓。南生心中完满的东西一去不复返。

晚上从医院回来以后，南生开始清洗内裤和棉裙。她把衣服泡到洗衣盆里，擦上肥皂，用力地揉搓，洗干净遗留在上面的血。然后把拧干的裙子晾在阁楼的细麻绳上。湿的还在滴水的白色裙子在夜风中飘动，模糊的白色就像青春消逝的印记。南生用手撑开它，把脸贴过去，仔细地看它。看到裙子上一小块淡淡的血斑，很淡很模糊。她的动作和她第一次洗被经血弄脏的床单一样。

失去童贞的那个晚上，南生发现自己的长大。有一种更镇静冷漠的力量控制了她的身体和灵魂。她在附近的杂货铺买了一包烟。

第一次抽烟，呛了几口以后就能够享受那种镇定的感觉。她坐在黑暗中，看着风中的裙子，抽完了她生命里的第一根烟。在接近于盲目和激烈的故意破坏之后，南生完成了自己的蜕变。

南生在十九岁的夏天度过了她生命中最沉重的几个过程。

在高考的考场上，她晕了过去，因为疲倦和身体虚弱。眼前一阵发黑，突然连人带椅子仰面摔倒在地上。在医院里吊了一天盐水。一门科目报废。只能咬着牙硬撑下去。凭着以前打下的底子，其他科目还是考到了高分。所以这次变故虽然没有考上理想的名牌大学，还是上了本科的分数线。顺利地录取到杭州的一所大学。专业是最热门的国际金融。

兰姨也终于决定动手术。她渐渐平静下来，因为终于明白很多东西即使抗争拒绝也不可回避。比如疾病，一天比一天更深重地控制了她的肉体和精神。还有孤独。她是曾经这样妖娆丰盛过的女子。但最后爱过她的或她爱过的人，都不在她的身边，包括她的儿子和平。

她已经接近死亡的边缘。没有一种孤独感比此时更加强烈。只有南生。南生照顾她。南生和她一起住了十二年，这十二年里面，她们始终是面对面的陌生人。

临动手术的晚上，兰姨半夜醒来。南生在地上铺了张席子，已经睡熟。她在从窗外透进来的月光下看南生，轻轻叫她。南生听到，但假装睡着，不睁开眼睛。她听到兰姨轻轻地开始说话，她的声音镇静而温和，一句一句在寂静中非常清晰。她说，南生，我和很多男人在一起过。其实心里一直只是想找个人，平平安安地度过一生。可是运气不好。女人是靠运气生活的。很多不幸的女人，心始终会缺掉一块，怎么补也补不上。你父亲是个好人，因为对他的歉疚，我抚养你，你不用感激。我们会一直都是陌生人，因为我和你没有血缘关系，也无缘分。虽然我们在一起，吃饭，睡觉，互相照顾。但是我们一直陌生……

她的声音因为疼痛渐渐模糊。南生把脸靠过去，听到她嗫嚅着，低声叫唤和平的名字。这是她唯一的亲人。她想见到他。南生终于给和平打了电话。她对传呼台的小姐说，麻烦你转告他，他妈妈生了很严重的病，请他回来。

手术动完的一个月以后，和平回来了。

南生记得那一天。和平离开已经六年。她从医院送饭回来，看到一个男人穿条很脏的牛仔裤，黑色 T 恤，头发很长，遮挡着脸。他蹲在院子外面的台阶上在抽烟，她从他身边经过，走进弄堂里，却听到背后响起一声轻快的口哨。

那是她熟悉的口哨声音。她紧张地转过头去，看到和平被南方的太阳晒得发黑的脸。那是她在冬天的小饭馆里第一次看到的英俊而阴沉的脸。和平已经是个大男人。长得更加高大。身高应该过了一米八二，浑身散发出一股成熟男人的不羁。她闻到他的气味，那熟悉的从未曾遗忘的气味。她惊喜地抛下手里的饭盒，向他跑过去。和平把她横抱起来，抛上去又接住。南生尖叫着抱住他的头。

和平，你回来了。

考上大学没有？

考上了。在杭州。

太好了。他伸出手捏捏南生的下巴，就像以前一样，露出快乐的笑容。然后他说，开门，南生。我坐了太久的火车，太想睡觉了。

和平一睡就是一整天。南生把家里打扫干净，做晚饭，打电话到医院，对兰姨说，和平回来了，现在在家里睡觉。兰姨很兴奋，她说，快，快，让他现在就来。我不会怪他骂他。我只想见到他。南生不断地一次次跑到房间门口，悄悄地看躺在床上的和平。他熟睡的样子，带一点点甜美，像个孩子。南生在地上坐着，下巴枕着床单，默默地看着和平睡觉。一直到天色变黑。和平睁开眼睛。

你什么时候去看兰姨。南生说。

谁说我要去看她了？

她病得很严重。和平。她是你母亲。

你觉得她像一个母亲吗。如果说是因为她赐予我生命，那么猫狗也会生一窝下来。这是本能，而非感情。她的本能带给我这个痛苦的世界。

南生对兰姨说，和平回来发烧感冒了。要休息一下，怕传染给她。兰姨听完黯然地笑。她说，他是不愿意来对吗。南生不说话。兰姨的手术没有成功，还得再做一次补救手术。灾难般的病痛，已经让这个女人生不如死。

那天晚上，南生守在兰姨的床边，一边在灯下看小说。看累了去水房打水，突然看到走廊里有个人站着。走近一看，原来是和平。他一动不动地站在阴暗的光线里，靠着墙壁抽烟。脸上没有表情。南生心里一喜，上前拉住他的手臂。她说，和平，你来了。快进去和兰姨说话。

和平扔掉烟头，挥手示意她离开。南生还是拉扯。声音传过寂静的走廊，兰姨在里面听到。她直起身体来欣喜地叫，和平，和平，是你吗。和平一把捂住南生的嘴巴，不让她发出声音，也不让她动。南生记得那天两个人在空空的走廊里僵硬的姿势，只有兰姨的叫声在颤抖着传扬。她的声音从一开始的兴奋，慢慢转向失望。最后是哭泣中含糊不清的呼唤，直到平息。

和平的眼睛里只有一片黑暗的潮水，看不到痛苦，也看不到希望。夜色从窗外涌进来，让走廊变成一条生死茫茫的通道。爱和不爱的人隔在了两边。和平直勾勾地看着那堵雪白的墙壁。他无法穿越心里积累的冰冷阴影。终于，推开南生，顺着楼梯仓皇地跑了下去。

第二天，传来兰姨在医院里自杀的消息。她移动自己的身体到窗口，然后从十五楼飞身而下。落地后当场毙命。疾病的痛苦和临死之前的孤独本来就如茫茫大海，无处可逃。和平的避不见面，终于像一个浪头扑灭了她。

南生遭遇她生命里的第三次死亡。是一个抚养了她十二年的陌生女人。兰姨的遗体破碎不堪，几乎无法缝补。那个和死亡联结在一起的夜晚，院子里灼亮的灯泡刺得人眼睛发疼。邻居们聚集过来，站在门口指指点点地议论。南生戴着白花和细麻绳，站在空荡荡的房间里看着棺材。兰姨躺在里面面目安详。所有的痛苦和愤怒像鸟一样消失。她的脸是一片白雪茫茫的大地。南生伏下身，用手指抚摩覆盖在棺材上的玻璃罩面，她的指尖一片冰凉。那一刻，她想起的，是第一次见到的兰姨。她穿着一件鲜红的涤纶西装，伸出手抚摩她的头发。她说，你爸爸死了。南生。那时候她是一个三十三岁的面容艳丽的女子。

守夜之后的凌晨，南生独自爬到阁楼上睡觉。因为疲倦，没有开灯裹了棉被就闭上眼睛睡觉。似乎有隐约的女人失望的哭泣像风一样蜿蜒而上。但是南生想，她已经不会难过也不会恐惧了。死亡是太平常的事情，她不对它敬畏。只不过是消失。

和平一直没有出现。直到火葬结束，他依然失踪。南生最后被告知，他酗酒斗殴，打断了别人的腿，被抓进了派出所。南生凑了钱送到医院，给了受害人的家属。然后去拘留所带和平回家。南生穿着学校制服，坐在公车上。那天刮很大的风，有隐约的冷雨。她很累，脸靠在玻璃上差点睡着。听到身后两个妇人说，晚上爆竹又要吵翻天。才想起来今天又是除夕。大街上寒风呼啸，夜色阴沉。天气预报一场大雪即将降落。

南生办了手续，等在大门口。她很冷，只能不停地走来走去，用大衣紧紧裹住自己。铁门打开，和平从里面走出来。他没有剃胡子，头发脏乱。脸上有伤痕，血块已经僵硬。衣服穿得少，神情木然。南生一言不发，走在前面。他们在车站坐上一辆公车。

汽车颠簸着，穿行过寂静的城市。他们坐在最后一排空荡荡的位置上。和平蜷缩在角落里，身体微微颤抖。南生看着他，慢慢把手伸过去。她的手是温暖的，轻轻握住和平冰冷的手指。上周五火葬的。后事全都办理好了。改天你去烧炷香，和平。

和平的脸靠在玻璃窗上不说话。南生等了一会儿，伸手去转他的脸。和平的眼睛干涸而麻木。南生说，已经过去了。和平。一切都过去了。她把他的身体拉过来，让他侧过身体，把头靠在她的膝盖上。和平伏在她的身上开始剧烈地颤抖。然后南生发现他在哭泣。我们回家了。和平。不要害怕。南生轻而怜惜地抚摩他的背。把脸贴在他的头发上。车子带着他们在城市的空洞和寒冷里穿行。夜空开始飘落雪花。

那天晚上，和平睡在南生的阁楼里。他们挤在阁楼的小床上面，因为寒冷紧紧地拥抱。像野兽一样纠缠。进入对方以忘却自己。

南生感觉到自己赤裸的身体在空气里的清冷。和平灼热的手指和嘴唇在她的皮肤上强劲地蹂躏。他的身体覆盖和占有了她。南生想起小时候看外婆手工绣花的情景。她用两个相扣的竹圈把缎子绷起来。平展的缎子看过去脆弱和紧张，似乎轻轻一戳就会让它撕裂。女人手指间的针尖，穿着鲜红的丝线，在白缎子上面绣着一朵绽放的牡丹。丝线拉过去，又穿回来。缎子发出轻微的破裂声……那是她见过的最残酷的美景。犹如情欲，是让她爱得惧怕的东西。

她在黑暗中也是这样。尽力地伸展身体。不留出让冰冷空气穿梭的缝隙。她仰起头看着天花板。这是深刻的抚慰，眼泪顺着眼角落入嘴唇。这是南生感觉中真正意义上和一个男人的结合。是她爱的男人。她开始确定，她是在爱他。爱这个买了一碗牛肉面给她的男人，在她七岁刚刚失去父亲的下雪的冬天。

有些事情会记得这样清楚。小饭馆暗黄的灯光下是和平少年时的容颜。那些瞬间如同空气，在手指间的缝隙里无声穿梭，倏忽不见。就如同父亲在街头的消失。漫长的时间过去。这穿越无数磨难和痛苦的感情，是她所确信无疑的信仰。

黑暗中的空气充满芳香而甜腻的腥味。南生不记得他们做了几次。每一次都是昏昏沉沉地睡过去，然后醒过来又开始。整个夜晚无法停止，眼泪和汗水彼此交织。只是没有语言。语言是最脆弱的。语言无法跨越生死，时间，痛苦，以及绝望。她只能一遍遍重复地抚摩和确定那个男人英俊的线条，记忆他的皮肤和气味。她的生命已经留下他的印记。流淌在血管里，渗透在肌肤里。无处不在。

凌晨，他们终于停止。和平浑身黏湿的汗水。他低声地请求她，南生，抱紧我。南生说，和平，我已经和一个男孩子做过。和平很平静。他说，为什么。

因为我想你希望我这样做。南生漆黑明亮的眼睛直视着他。你不想爱我。这么长时间，你从未曾记得写一个字或打个电话回来。

一开始到广州有许多问题。生活很艰难。和平顿了一下，他不想透露更多。他说。我是担心自己不能够爱你。南生。南生说，不能够？不能够让你受苦。不能够让你为我步履艰难，沉沦在这里……

他看着她，眼神痛楚。他说，对不起。南生。请不要再问。南生抱住和平。和平，我们会有孩子吗。我们会一直在一起，

到死吗。傻孩子。和平把她的头埋到自己的胸前，眼睛里有泪光。说说你在广州的生活。南生故作轻松。换了很多工作……现在

在一家餐厅。从厨房里做到经理。他黯然地微笑，曾经我以为自己会去北大读数学。那是我十六岁之前的理想。你呢，南生。

我想写作。写作？是的。写很多书。让他们知道我的痛苦。知道我们的痛苦。知道所有人的痛苦。

和平熟睡。南生起身，爬到楼梯上。漆黑的长发汗湿，海藻一样覆盖了她的脸，她赤裸的身体在寒冷中微微颤抖。把脸靠近雾气蒙蒙的天窗玻璃。玻璃上沾满白色的干燥雪花。南生用手指擦去雾水，看到暗蓝的天空飘落着茫茫大雪。南方冬天的第一场大雪。

风雪弥漫无人的街道。雪花迅速堆积在街心花园的台阶上，巷子的石板路上，旧日小面馆门口的灯笼上，屋顶上，树枝上，结冰的河面上……大雪覆盖了尚未苏醒的城市。天空没有一只鸟飞过。南生的脸贴着玻璃，凝望窗外。大雪无声。

和平在 N 城停留了一个月。春天到来的时候，他准备离开。他要回广州去。只请了一个月的假，而餐厅的工作一直忙碌。他需要挣钱。挣钱是现实。南生马上要去杭州读大学。学费及生活费都是不小的开支。兰姨死后，和平就是家里唯一的支撑。和平准备把 N 城的房子卖掉。

卖掉吗，和平？南生心有不舍。在这里，她已经住了这么多年。这旧房子有太多回忆。

和平说，当然。你以后不应该再回到这里。你会到更好的大城市去。很多人习惯心满意足。懒散，平庸，得过且过就过了一生。但是你不可以。南生。

你呢。你会一直在广州？

我在广州很好。那里有我重新开始的生活，有我的事业……和平说，这里太多沉沦的痕迹。我不愿意在旧地逗留。

南生点头。她理解他。她没有能力留住他。这个男人是一只受伤的野兽。他要躲起来治疗自己。她想起那个夜晚蜷缩在她怀里哭泣的无助的男人。这样的夜晚只有一次。等他清醒过来，他依然是冷酷的一往无前的和平。

他们在车站里告别。到处是拥挤的肮脏的人群，扛着大包小包。喧嚣的浪潮一波波地扑上来。车站是这样盲目和决然的地方。和平穿着来时的旧牛仔裤，背着一只旅行包。他挤进人堆里买火车票。南生站在外面，一动不动地看着他。看着那个男人在人群里涌动着，他的身影一会儿浮现一会儿消失。南生直直地看着他。

下午一点的火车。和平出现在南生面前，手里捏着一张票。我们先去吃午饭。他说。他们朝火车站旁边的餐厅走去。南生看到那个熟悉的街角。她的视线停留在那里。依然有很多自行车和垃圾堆在那里。依然空荡荡的光线阴暗。这是她曾经等候一个男人回来的地方。只有卖包子的店铺变成了零食店。

一切历历在目。南生看着它。她听到天空有哗啦啦鸟群飞过的声音。汽车喇叭和人声交织成一片。一个系着桃红三角围巾的小女孩安静地站在大雨中。她的眼睛一片空白。两碗牛肉面放了上来。南生与和平隔着油腻肮脏的木桌子各坐一边。和从前一样。和平拿起筷子就吃。吃了一半，抬起头，看到南生没有动。他用手指背敲她的额头，粗声地说，南生，把面条吃了。南生拿起筷子。两个人面对面地沉默吃面。

又回到候车厅里。南生坐在椅子上，看着身边一个打呼噜的男人，另一边是哄孩子睡觉的妇人。南生舔了舔嘴唇，她想喝水。和平说，你拿着我的包，我去买水。他转身去小卖部。南生抱着他的旅行包，一动不动地坐在椅子上。南生的眼睛转过去，她又看那个角落。依然阴暗无人。大厅上的钟显示过了三十分钟。南生站起来，走出去。她穿着粉色的旧裙子，黑发被汗水浸着贴在脸上，两手把旅行包抱在胸前。她走过售票厅、候车厅，一间一间地寻找。跑到大街上茫然四顾，又跑到出口处。

她用力地喘息。她觉得自己在崩溃中。她生命里爱的人都是会离开的。她知道。她的汗水顺着额头往下流。喇叭里开始播出去广州的乘客开始检票的通知。然后她看到和平。和平从一大堆旅客中挤出来，怀里抱着两瓶水，朝候车厅走去。他已经是很大的男人了。和平。他们要在一起相依为命。她想要和他地老天荒。南生抬起手，狠狠地朝自己的手臂咬下去。

她用力得浑身发抖，放下手臂，上面是一排深深的牙印，渗出鲜血。她把衣袖放下来，遮住伤口，若无其事地朝和平走过去。和平看着她。拉过她的手臂把衣服往上撩。他的神情阴郁。买水的人比较多，所以我跑到比较远的一个小店。以后不许这样。南生。我会恨你。

我知道。南生看着自己赤裸的伤口，低声嗫嚅。她突然开始羞愧。她的感情，就是这样固执地纠缠，无处可逃。和平上了车，在车窗探出头来。回去，南生。南生孤单地站在月台上，看着他。你得好好读书。我会寄钱过来。这是你最好的唯一的出路。知道吗。和平看着她，烦躁地抽烟。他说，我们不能生活在一起，南生。我们有各自的路要走。

南生一言不发。明亮的阳光到处照耀。和平的语言打在南生的胸口上依然冰冷。火车开动了。她跟着跑，看着和平伸出头对她挥手。她捏住拳头，拼命地跑，头发和衣服在风中疾飞。她觉得自己会死在这没有了希望般的追逐中。心脏激烈地跳动着，似乎要破裂般的痛。终于，火车长吼一声，消失在前面的拐角处。南生枯萎的青春如花的脸。

和平就这样再次离开。

南方爱情

学校门口的邮局是很小的一间临街房子。门口一只绿色的邮筒，已经被雨淋得斑驳破损。邮筒旁边的法国梧桐已经很老。粗壮的树干倾斜，树皮被淘气的孩子剥掉，露出潮湿的白色木头。南生每次往邮筒里塞进信封以后，就用手指在柔软的木头上轻轻划一道线。留不下痕迹。她只要自己记得那些时刻。思念和平的时刻。

南生的身体装满了回忆。在冬天寒冷的黄昏，或者心情抑郁的时候，南生都会去澡堂洗澡。站在水龙头下，让滚烫的热水冲击在赤裸的身体上。水花飞溅，水流覆盖身体的每一处曲线和轮廓。南生抚摩自己丝缎一样柔软光滑的肌肤。那已经不是少女轻盈空白的身体。花蕾般的乳房，纤细的腰肢，修长的腿。南生记得和平的手指蹂躏在上面的激情。残暴的激情。他像野兽一样吸吮她，进入她的身体里面。她的脸贴着他的脖子，听到他的喉结滑动着，发出被潮水拍打的微微战栗的声音。黑暗中她的每一寸皮肤每一个毛孔，都在记忆这个男人的声音。他的容颜在时间的空虚中是可以用手触摸的。

她要记得他。

大学里，南生是看过去太普通不过的女生。我行我素。神情冷漠而不群。她不是一个容易相处的人。住进宿舍的第一天。她第一个进宿舍，选择了一个靠窗的下铺位置。可是等她把包放在选好的床位边，去洗手间洗脸回来，却发现床上坐着一个瘦的短发女生。女生把她放在床边的包放到了上铺。南生说，这张床是我选的。我放了行李。

女生看着她。女生有一双肆无忌惮的眼睛。她不搭理南生。周围一片沉默。其他人依然在收拾着行李但却不发出任何声音。她们在关注着事态的发展。南生抓起女生放在桌子上的茶杯，扔到墙角。搪瓷杯子发出刺耳的摩擦声音，其他人吓得尖叫起来。南生说，你给我滚开。

林南生在这所大学里，作为新生的名气，是以恶劣开始。不喜欢南生的女生，一开始还伺机着想报复她。但很快发现想孤立南生的方法并不奏效。因为她根本不在乎。南生无所谓别人如何看她。多年的独立生活已经让她具备旁若无人的性格。

也无人敢轻易采取其他的粗暴动作，因为猜测不透这个女孩的背景。她的生活和其他女生不同。和平一直从广州汇不薄的钱给她。有时候还邮寄过来时尚的化妆品或其他物品。比如 CD 唱机、香水。这是南生身边那些吃饭要计算着饭菜票的女生所不能相比的。就这样，南生渐渐形成自己身边的一个气场。这个场的力量如此剧烈，几乎容不得任何人接近。所以，从大一直到离开校园，始终都没有男生对她表示好感。

南生对恋爱、舞会、功课都无兴趣。尤其不喜欢自己的专业。她已经不愿意读书。拒绝循规蹈矩的生活。她的血液注定要走一条丛林动物般自由的道路。她的野性和灵性比任何人都多。

在学校里她只上自己喜欢的课。大多是一些辅修课程。对哲学、艺术、文学、心理学尤其感兴趣。主课的考试一塌糊涂。她有预感这样下去自己毕不了业。空闲的时候独自在大图书馆里看书。看樱花花瓣偶尔被春风吹在木桌上的姿势。直到一个人趴在大桌子上沉沉睡去。

参加了文学社，开始编辑校刊和创作散文及小说。文章遭受许多非议。南生开始阅读诗歌。她相信生命是有苦痛的。所以开始对虚无执着，对现实无谓。黄昏的时候穿着球鞋去操场跑步。一个人，听到自己噔噔的脚步声回响。风速中，心脏开始慢慢抽紧疼痛。跑完步，坐在台阶上，一边抽烟一边凝望着夜色，然后回宿舍。

她同时开始挣钱。抓住所有做家教、做销售的兼职机会。

她想赚钱。她比任何人都懂得钱能带来的自由。钱是实现目标最直接的方式。因为她的贫乏积累已久。从七岁就开始过寄人篱下的生活。一直到现在。和平的供养让她丧失了自由，不具备力量去爱他。

南生在晚上去湖滨的酒吧打工。肯吃苦，工作勤力。又有一口出色的外语，能够从老外那里得到若干小费。她做得很好。只是长久失眠。有时候凌晨才回到学校。一个人在宿舍里抽烟。像兽一样走来走去，打开窗子对着寒冷的空气吐出烟圈。宿舍里的同学抗议。学校发出警告。于是南生索性在学校附近租了房子，搬出去住。

在逃课的空闲时光里，她一个人关在家里写小说。买了台二手电脑。她把小说发到南京一家喜欢的文学刊物。很散漫地写一些黑色主题的小说。那些小说很快都被陆续刊发。编辑写信给她。展开白色信纸，上面是流畅而舒展的钢笔墨迹，对她的小说表示欣赏。信里写着，林南生你好。小说接连刊发以后，读者反应热烈。天分难能可贵，希望继续。信末的署名是罗辰。那应该是个男人。

南生很想把杂志寄给和平看。他应该会高兴。他不断地汇钱过来。那些钱足够供她读书，吃饭，买书，旅行……但是汇款单上没有片言只语。从不曾写信。也不打电话。他可以这样冷酷地对待她。让她如同面对着一面冰冷的镜子，看到自己的感情深入骨髓，几近畸形的残废。

许榛生一直写信来。写了很多，南生一封不回。那些信堆在床边，渐渐积累。像深秋街头被扫在路边的落叶，注定颓败。榛生说，南生，你准备把我从你的生活里抹去吗……那个夏天的夜晚已经在记忆中破裂，一条一条纹路地绽开。只是片断。南生想起榛生采摘下来交给她的蔷薇花。那清香的花朵。榛生曾经带给她的纯洁干净的生活和充满温暖的感情，已经在他们在阁楼里拥抱的时候，被她决意放弃。

回不去了。南生想。她和他都回不去了。榛生不够具备力量拯救她脱离生活，脱离这沉重的罪孽。她把榛生写来的所有的信，放在一个旧脸盆里，划了火柴。纸张在火焰里发出轻微的脆裂声音，迅速地化作黑色的灰烬，用手指轻轻一碰就散了。南生把所有黑色的灰烬倒在了风中。

已经两年。南生的想法只有一个，要靠自己的工作凑够旅费，去广州看望和平。南生想，和平在那里，如果不能改变这个城市，那么势必已经被这个城市改变。

大二放暑假的时候，南生带着积攒下来的一千块钱，坐上长途火车。火车带着南生在陌生广阔的田野上日夜前行。南生躺在硬卧上夜不成眠。车厢里闷热而污浊，车轮在铁轨上发出重复机械的碰撞声音。黑暗中，南生眺望着外面田野模糊的灯光，心里平静如水。心里是那一个冬天夜晚，阁楼外的苍茫飞雪。和平低声地说，抱紧我。南生。那一夜的大雪，就在灵魂中无休止地飘呀飘。

火车进入广州是中午。天气炎热。南生坐在公车上，看到一座陌生的充满活力的城市。她拖着自己的行李包走到大街上，闷热的空气里交织着呛人的灰尘、汽车尾气、摩托车的嚣叫和潮水般的人群。南生想和平怎么能够停留在这样热的地方。她感觉到身上浑身发酸的汗水和异味，很想马上就洗个澡。身体疲软得似乎可以在大街上随时躺倒。但她勉强地支撑住自己。背着包，按照地图上的指示，去北京路找和平。

那是和平写在汇款单上的位置。路上有托着鸟笼的老头，穿着唐衫很悠闲地走在街上。很旧的老楼，老得摇摇欲坠的样子。只有青翠的梧桐树，在阳光下努力伸展枝叶呼吸空气。两旁的小店铺越来越多，人群神情闲适地漫游在阳光下。街边有一家餐厅，一块大招牌写着阿栗酒楼。两层楼的仿古建筑。就是这里。

南生走进去。她穿着那条粉色的旧裙，手上拎着行李，站在店堂里张望。刚好是吃饭时间，里面生意甚好，高朋满座。穿着中式衣服的服务员满堂穿梭。请问你找谁。一个女人用带着广东腔的普通话，温和地问她。个子小巧，皮肤黝黑发亮的广东女人。穿着缎子旗袍，身材丰满。年龄应该有三十岁以上。一张艳丽而透出沧桑气味的脸。

和平，林和平，南生说。她看到女人的眼睛很黑。有力量的眼神，有一种控制全局的厚重。就是这双眼睛，突然之间刺痛南生。她倒退了一步。女人微笑着看她。她说，你是南生。和平说他有个妹妹，在读大学，很聪明。她转身进去叫和平。南生疲倦地站在墙角的一处阴影里面。她身上发软，几乎要马上躺倒下去，一直用手指狠狠地掐住自己的手臂。然后她看到了那个男人。

他穿着黑色西装，打领带。理着平头的高大男人，脸上清冷而英俊。那是和平。

和平把南生带到珠江旁边的一家酒店。酒店很高级。南生站在空调开得很足的冰冷的大堂里，对和平说，为什么不带我去你住的地方。和平说，那里有人同住，不方便。南生说，那就另外找个小旅馆。和平说，没关系，我现在有钱。他的眼睛不看她。脸色冷漠，几乎不和她说话。和平身上不再有少年时桀骜激烈的东西。现在的他看过去是大都市里面神情冷漠的男人。像一只疲倦的兽，隐藏着深处自愈的伤口。

他们走进酒店的电梯。电梯上升的时候，局促空间里彼此沉默。两个人之间延伸出一段遥不可及的距离。气氛压抑而窒息。南生想，她坐了日日夜夜的长途火车，奔赴千里迢迢，只希望见他一面。但目前这就是她面临的结局。南生压抑着失望，紧紧地闭住嘴唇。她不说话。

和平订的是标准间。布置很舒适。打开窗，外面就是宽阔的珠江。一条陌生城市的河流。他在地毯上坐下来，打开电视，调了体育频道。他说，你先去洗个澡。然后我带你出去吃饭。电视的声音开得很响。房间里充满比赛的嘈杂与欢腾的噪声，似乎在遮掩某种无力的空洞。南生依然沉默无言。她走进浴室，脱掉衣服，站在花洒下面。凉水顺着头发和皮肤往下流。她把自己泡在水中，想了一会儿，然后湿漉漉地套上脏的裙子，重新走了出去。

她抓起包，打开门。和平堵住她，他说，你干什么。

我要走了，我回杭州。南生用力推开男人，挥动着手里的包，要往走廊上跑。和平制止她，两个人纠缠在一起，在门口互相撕扯。和平把她拖回房间里，用力关上门。南生还在挣扎。她的痛苦烧灼着自己。当她发现自己已经走不出房间的时候，她狠狠地咬住了自己的手臂，用力地，全身颤抖。和平重重的耳光打在她的左脸上。他看着自己的指印在她苍白的脸上浮现，她的嘴唇边还渗着血迹。她愣愣地看着他。他突然抱住她，粗暴地亲吻她。他说，为什么，南生。他扯掉她身上潮湿肮脏的衣服，把她推倒在床上。

房间靠窗的那张小小的单人床。雪白的枕头和被单散发出清洗剂的淡淡味道。窗外是陌生的语言，喧嚣的夏天，混浊的河流和一个遥远的城市。可是这一刻对南生来说，已经不重要。这一刻他们融合在一起。他皮肤的味道。他呼吸的声音。他的亲吻和抚摩。她用手指抓住他短短的头发。她拥抱的是她童年，少年，隐藏在灵魂里的味道和回忆。这是她唯一的财富，紧抓在手里，不肯放。因为一放就成了虚空，整个世界白茫茫一片。她将会在哪里都是一样。

她的激情如同潮水一波波地淹没着她。这张酒店里的单人床，现在是她灵魂深处寂静幽深的岛屿，让她彻底地停留下来。整整一个下午，他们在这个黑暗的闷热的小房间里不停地做爱。做完了迷迷糊糊地互相拥抱着躺在那里。醒过来以后又继续开始。就像他们以前在一起。身上的汗水一层层地干掉又渗出。南生看着和平在她的身边睡熟。他脸部英俊的轮廓。南生告诉自己，这是她爱的男人。他们要一直在一起，直到死去。

她下床，拉开窗帘的一角，看到外面已经天黑。她赤裸地坐在窗台上，一边抽烟一边看着远处繁华的夜市灯火。南生突然又不清楚自己来到广州的目的了。一切好像不应该是这样的。她在杭州过着孤独的生活，没有朋友，没有爱情。她有话要对和平诉说。她希望他能抚摩着她的头发，听她说话。但是和平已经变成一个不爱说话的男人。

中途和平的手机响。南生走过去把它按掉。过了十分钟，它又响起来。南生又把它按掉。她闻到和平的衣服散发出一股复杂的夹杂着香水和油烟的汗味。她把它贴到脸上，用力地呼吸。那是她陌生的气味。

晚上八点钟的时候，和平醒过来。他洗澡，穿好衣服，然后对南生说，我们去吃饭。他们来到对街一家百年老店，里面有干净的红木桌子。南生点了双皮奶，杏仁糊，还有甜点。小碟小碗慢慢地摆满了一桌子。和平说，你还是和以前一样，南生。喜欢堆很多东西在面前。南生微笑。她是一个始终缺乏安全感的人，要把这么多的东西抓在手里。而她真正需要的，只不过是温饱。

她说，广州的食物真的很好，清淡爽口，菜式也干净，不是想象中的口味浓重，注重营养滋补，煲的汤花样百出……

这些东西我那家餐厅都有做。和平说。

餐馆老板是那个女人吗。

是。阿栗的男人在香港。有家庭的商人。包了她，对她很大方。她还有服装店。

你一直在替她做事？

不。一开始我在夜总会。后来出了事情，自己也厌倦那种生活。她收留了我。那时候我身无分文，又有人一直追杀，处境非常窘迫。她救了我。

南生不说话。和平继续说，我渐渐喜欢上这个城市。他们一早起来看报纸，喝茶，选些小点心，一坐就两三个小时，好像未曾感觉紧张或疲倦。闷热潮湿的南方天空，交织着尘烟和喧嚣的大街，混乱，却自有它隐藏的秩序，生机勃勃像一块茂盛的麦地，可以一头栽进去，不再呼吸。可以忘记从前的事情。

南生说，你已经忘记了吗？

不。有些忘不掉……他低下头。他说，有一段时间，我一直做梦，梦见她叫我。那时候我应该很小，在街上与她失散，她发了疯般地跑到马路当中去叫我的名字。她的声音是歇斯底里的，让我害怕。就像那个夜晚在医院。

南生伸出手去握他的手。和平神情黯然。他说，现在的生活很好，很平淡。

我过来你不高兴。南生直视着他。

我想让你过得好。南生。你不要来看我。我已经累了。我的生活不需要阴影。你不要进来。

所以你不写信给我，不打电话给我，不来看我。南生微笑。可是你又和我做爱。

我不想让你难过。南生。你从小就是一个需要感情的女孩。我了解你。

可是你却不愿意把感情给我。南生微笑地说。她侧过脸去不让他看到她的眼泪。顺着她的脸颊冰凉地往下流淌的眼泪。

吃饭的时候，和平的手机又响起来。阿栗叫他回去，有事情要他处理。他说，南生，你回酒店去。我等会儿办完事情再来看你。他们一起走出店门。外面有地摊集市。南生走进去看。和平跟在她的后面，看着她像个天真的孩子，在里面探头探脑地看。南生拿下一件玫瑰红的开襟长袖棉衫。她把它贴在身上比试。和平嘴唇里叼着烟，眼睛打量着她。他说，你穿玫瑰红好看。他付钱把它买了下来。

南生微笑。和平的霸道，桀骜，野性和落拓。他还是这样与众不同的男人。她爱的男人。

和平匆匆而去。南生一个人在路上。夜风清凉，城市的尘烟渐渐平息。街心花园有很多人在散步，双双对对。南生想，这个世界每天都有人在相爱或者告别，出生或者死亡。很多痛苦是不值得咀嚼的。她只要自己记得那些幸福的片段。

她来见过和平了。他们一整个下午的缠绵。没有语言，只是痛彻心扉的缠绵。南生想，继续留在这里还会有什么。她没有力量让他跟她回去。她一直在靠他供养着。她何尝不是他背负的罪孽，无法脱卸。她该回去了。

凌晨一点，有一班火车去杭州。南生买了票，等在候车厅。候车大厅空荡荡的，有人铺开报纸在水泥地上睡觉。南生蜷缩在座位上，一只手抓着自己的行李包。显示屏上闪烁着发站的通告。

她想她并非一无所有。即使回到没有和平的城市，她还是可以依靠内心的那个希望坚强地活下去。和平办完事情，应该会去酒店找她。他在寻找她。而她，再过一个小时，就要离开这个城市。她轻轻地在寂静的空气里交握住自己的手指。她的手指冰冷而苍白。她对自己说，和平，我不放手。

检票的通知从喇叭里传出来，该走了。南生夹在队伍里，安静地跟着蠕动的队伍前行。当走过检票口的时候，她听到和平的叫声。他从候车大厅的门口跑进来，眼光急切地搜寻着她。神情焦灼，满头大汗。南生挤到栅栏边，对和平伸出手。她说，和平，我在这里。和平走过来，一把抓住她的手。他说，你怎么可以马上就走。

没关系，我在火车上可以睡觉。南生看着他。她的心里有那么多的柔情和温暖，想交给这个男人。可是她要走了。她抱住他的脸，用力地亲吻他。她说，和平，你要等着我。你一定要给我时间。和平神情复杂地看着她，眼神疼痛而不忍。他说，南生，你到底要我怎么样。

南生说，我只要你不从我身边离开。

和平说，我们无法在一起。南生。你要清楚。

南生把手抽回去，对他摆摆，然后拖着她的行李包了进去。

南生回到学校，睡了好几天。她很疲倦。与和平相会的短短半天记忆，已经足够她在寂寞中反复地咀嚼。可以对抗住时间的空虚和漫长。在广州的酒店房间里，和平的汗水流到她的身体上，一层层地干。黏稠的，似乎能填满肌肤每一寸干渴的缝隙。她都不知道自己的身体里面，可以潜藏着这样激烈的欲望。可是，和平依然在她无法触及的距离里。他们似乎越走越远。

她重新开始写作。心里的激情和痛苦像血液一样涌动着。南生感觉到自己随时可以窒息。杂志社陆续转来读者来信。人性深处的情感总是大同。南生的小说很多人爱读。

秋天到来，又接到罗辰的信。他给她发来邀请函，杂志举行年度笔会，去湘西。他邀请她参加。让她去南京和他们会合。南生把那封信在枕头边放了几天。白色的干净的信封，上面是一个男人清秀遒劲的字迹。清醒向上的生活就在里面，是可以拯救她脱离情欲黑暗和无望的桥梁。南生想，她是该出去见见不同的人和生活。

第一次去南京。深夜下火车的时候，来接站的就是罗辰。出口处，他举着一个大木牌站在夜色里。木牌上写着她的名字：林南生。南生的出现让他出乎意料。他说，我一直以为你是个三十岁左右的男人。怎么会这样。他用手搔自己后脑上的头发，脸上有着困惑不解的憨厚表情。

南生微笑。那一天，她穿着旧牛仔裤、黑色 T 恤、旧球鞋。肩上背着登山包。瘦削的南生表情淡漠，眼神流转，浑身散发出野生植物般孤独而辛辣的气息。

她是笔会里最年轻的成员，其他差不多都是作协的老作家。那些名字常常出现在各种大型文学刊物上。一组人浩浩荡荡地出发去湘西。南生没有觉得忐忑不安，即使身边是一大堆文坛名人。她一直独自背着包走在最前面，脸上有置身事外的表情。罗辰照顾她，常常特意走过来陪着她，和她说话。南生的话不多。习惯性地一边倾听一边神情游离。偶尔点一根烟，对着景色默默无言。

一路经过张家界，然后到凤凰县城。罗辰和南生渐渐习惯结伴而行。两个人年轻，走着走着就走到前头。又掉头去找大队伍。他说，你对野外旅行很有经验。南生说，我小时候在村庄里长大。经常去爬村子后面的野山，爬到山顶，躺在悬崖的大岩石上，晒太阳，听风吹过树林的声音和鸟鸣。感觉幽深的山谷就像地狱一样。那个村子叫枫桥。

为什么说像地狱。

因为那种美丽似乎万劫不复。

他看着她。她站在古城青色的石板道边，神情淡漠地凝望着沱江上的竹桥。她和他曾经认识过的女子全然不同。他见过太多写作的或不写作的女人。她们的灵魂或者空洞无物或者障碍重重。而南生是一片空阔无人的原野，充满呼啸的风声，一往无前。当他接到她的第一篇小说的时候，他就印象深刻。那些文字似乎不曾存在于世间，而从一个黑暗的洞穴神秘地喷涌出来。

她走进旁边的小店铺，看着那些手工制作的绣花鞋。她拿了一双绣着牡丹鸳鸯的红绣鞋，脱下球鞋试了试。她看着自己的脚，脸上露出微笑，把鞋子放回去。他说，为什么不买下来。不喜欢吗。她说，很喜欢。但好像不适合我。我比较习惯穿耐脏的球鞋。他问，你一直都那么理智吗。她摇头。又笑。

身边这个真诚淳朴的男人，穿着一件白色的布衬衣。他曾经让南生有一瞬间的停顿，以为自己碰到少年时的榛生。现在，那个北方男孩应该已经成为大男人，在谈恋爱或做其他的事情。但是她记得他留下的某个夏天的气味，洁净的气味。她曾把那个男人的感情当作工具以完成自己的成熟。

她问他，有烟吗。他说，我不抽烟。她走到一家杂货店里，买了一包当地的烟。她给自己点上。把烟递给他，说，试一下吗。不不，罗辰急忙推辞，吸烟有损健康，你也应该戒烟。她说，你一直都那么理智吗。她机智地把他的问题还给了他自己。她说，我觉得对生命而言，没有什么东西是绝对被禁忌的。上帝偏爱任性的人。

那是因为你不害怕失去。南生。你比其他人要更勇敢一些。
是吗。南生黯然微笑。她不再说话。

七天笔会转眼结束。他们又回到南京，大家准备各奔东西。南生搭夜间火车回杭州。罗辰说，下次你过来，我陪你到处去玩玩。中山陵一带有高大的梧桐，也许你会喜欢那里的雨天。南生微笑。她说，谢谢你。这七天我非常愉快。我也是。罗辰说，希望你继续写作，不要轻易放弃。答应我。他把一只布袋子交给她。她打开来，是那双手工刺绣的红绣鞋。他说，喜欢的就要拥有它。不要害怕结果。

南生点头。背着大大的包独自上了火车。她从窗口探出头来对他挥挥手。漆黑长发从肩头倾泻下来，一双明亮的眼睛看穿尘事。火车离开站台以后，月台上空气清凉，暗淡的星光照着罗辰的脸。他慢慢走出车站，问自己心里为何怅然若失，似乎有什么东西没有带回来。他费力地思考。直到上了出租车。出租车带着他穿行过熟悉的城市。他突然之间明白过来，他心里晃动着的，是凤凰那片蓝得没有杂质的天空。还有天空之下那个神情寥落的女子。

回到杭州以后，南生觉得自己应该怀孕了。

例假一直没有来。迟了近两个月。乳房开始胀痛起来，身体有一种微妙的沉重感。呕吐感折磨得她无法进食，整个人都憔悴下去。这是奇怪的事情。她与和平之间的缘分，不断循回。对宿命无能为力。但是她居然希望自己能够把这个孩子生下来。

她已经成年。她不再是以前那个孤立无援的女孩。她可以挣钱养活自己。养活孩子。她想好好地爱这个孩子。把她没有得到过的所有的一切，全部给予他。如果。如果和平能因此回到她的身边。

她给和平打电话。她知道和平不喜欢和她联系。他在另一个城市里想隐姓埋名地生活，遗忘他所有不愿意想起来的罪孽。而她是他拖在身后的一片阴影。一个爬上岸的人，总是要先脱下身上的湿衣服。有谁愿意一直被冰冷的河水浸泡。南生想，她心里是很明白的。只是她没有选择。一个穷人对她手里仅有的财富能有什么选择。打通电话的那晚，已经十一点多。

南生说，和平。

和平语气不高兴。他说，你不要打电话过来。我现在和阿栗在医院。她的孩子病了。

和平，我想退学，工作，养一个属于我和你的孩子。

你有孩子了？和平紧张地问。

没有……

胡说。和平大声地吼叫起来。南生，我不许你自以为是。

我想和你在一起。

我们不可能在一起。今天我把话对你说清楚。我们是两个世界的人，有各自不同的生活。你不要抱任何希望。没有希望。为什么。和平。我要赎罪。对我的母亲，对你，对阿栗……阿栗为了我已经和那个香港男人分手了……他留给她一家餐厅和一个孩子。收回了全部。你知道这对她意味着什么。她为我付出太多。

你爱阿栗胜过爱我吗，和平。南生低声地说。一切还是发生。她早有预感。

她适合我。她试图治疗我，把我照顾得很好。她也需要我。而南生，你要读大学，做更多的事情。社会底层的人太多，我不能让你再为我去偷东西。

和平。南生难受地阻止他。

一切只能如此。不要再打电话给我，不要再来看我，不要再等待我。和平顿了一下，他的声音带着压抑。把我们以前所有的一切都忘了。南生。我不会回来。

　　把我们以前所有的一切都忘了。南生。我不会回来。南生在家里把自己关了三天。用被子裹住自己，睡得昏天暗地。每次碰到惨重的打击，她只能把自己缩进壳里，在封闭和压抑中强迫自己愈合。从清晨到深夜，从深夜到清晨。她面对的只是一片黑暗。实在饿得支撑不下去，起身泡一碗方便面。然后又陷入昏沉的睡眠。

　　又回到了小镇枫桥。白晃晃的环山公路。两边的高山绿意森森。山谷里白墙黑瓦的石头房子，炊烟袅袅。小教堂里潮湿的青苔，偶尔有蓝翅膀的蝴蝶飞过栖息。外婆的手。温暖干燥的手指轻轻抚摩她的皮肤，给她扎头发。还有空荡荡的堂屋里属于母亲的亡床……南生昏睡着。整个世界都把她抛弃了。该往何处去。

　　南生决定自己来解决这个问题。

　　不能去市中心的医院。有太多的机会碰到熟悉的人。同学或者老师，那是无法想象的。林南生。一个从不和任何男生多费口舌的清冷的女孩子，居然隐藏着如此深重的无法告知的罪孽。星期五的时候，南生告假。如果需要做手术，最起码她可以有两天能够名正言顺地休息。她的心思缜密，把所有的细节都考虑清楚。没有任何人可以陪她一起面对这些现实。她必须独自承担。

有些事情是难以忘记的。要生下来吗。南生说，不。准备什么时候做手术。现在吧。南生记得自己冷静地说出这些话来。可是她的心是一个旷野，没有声音，只被巨大的恐惧控制着。一种走到了尽头的麻木。小诊所的走廊上爆发出争吵声。一个女人尖厉的哭声，像被摔了一地的玻璃碎片。男人恼羞成怒，开始揪住女人抽她耳光。空气里充满血腥和药水冰凉的气味。

南生躺下去。她觉得很冷。痛苦如此深重地进入身体，进行捣动、破碎和吸取。一波一波的震荡，似乎要把南生碾成粉末。她的手用力地握住扶手架子，侧过脸去，紧贴着台子上那条散发着药水味道的白色床单。她看到窗外一棵梧桐树。树枝上刚刚绽出生长中的碧绿的小叶子。那些叶子在明亮的阳光下，有一层白色的细微茸毛，充满了纯真的生命力。梧桐树的叶子实在太绿了，太美丽了。她满眼都是灼热的眼泪。

南生走出医院，被刺眼的阳光照得晕眩。她觉得随时可以在马路躺倒下去。她扶着墙壁慢慢地走出小巷。经过路边的公用电话亭，想打电话给和平。在拥挤的大街边，南生犹豫地停留。电话亭里不断有路人进出。南生把脸贴在电话亭的玻璃上。她看着电话。半个小时以后，她离开。她的痛苦被和平堵住了通道。他已经放弃了她。

那天早上，南生被门口邮差的敲门声音惊醒。她在家休息了几天。身体的创伤在恢复。身体有时候如此脆弱，有时候却强悍得任何伤痛都可抵御。她有几封挂号信。其中包括学校正式的开除通知。和平的大面额汇款单。还有来自南京的罗辰的信。他写了一封长信给她。信里附着洗出来的照片。她抱着一条小狗坐在农家门口的小竹椅上，手指里夹着烟，笑容里有沧桑的天真和甜美的悲凉。

罗辰在信中写，南生，凤凰古城的青色石板道在下雨的时候应该会更美。但我很欣慰，那一刻我们在一起，我能够在暗处静静观望你。你的言行，是你文字里最最寻常的样子。我想，我很习惯你的冷漠和某种因为透彻而残酷的准则。但是我猜想伤人不是你的习性，也许你只是为了保护自己。但是——请告诉我，为什么呢。是因为幼时的记忆还是经受过的巨大创伤。

我一直感觉无能为力的悲哀。南生，有时候想，如果你是我爱的女子，我会怎么样待你。我是否能够把你变成一个温暖甘甜的女子。能让你幸福。

流　离

南生决定了未来的方向。她要去南京。

她收拾行李，一个大行李包里放的是喜欢的书和换洗衣服。和房东结完账。最后，去邮局退了和平的汇款。她给他留言，和平，不要再汇款给我。我走了。在学校附近的小邮局里面，她趴在桌子上写着那行字，圆珠笔突然干涸，写不出字来。笔尖在薄纸上划出错落的痕迹，然后破裂。南生固执地重复。心里荒凉。所有的语言都在空气里消失。只有那最后的三个字，像伤口一样出现在纸面上。我走了。

火车整夜地在铁轨上奔波。南生一直睡得不踏实，时不时地醒过来。听到铁轨和火车轮盘发出的咣当咣当的有规律的撞击声。那是熟悉的声音。曾经她满怀着激情和希望，奔赴千里去广州看望和平。那时候在彼端的城市，是一个她爱着的男人。而此刻的彼端，是一个爱着她的男人。她的心里感觉没有尽头的寂寞。

她从行李包里拿出那件玫瑰红的开襟长袖棉衫，盖在身上。熟悉的气味，那是广州的气味。是和平和她一起买的衣服。他说，你穿玫瑰红好看。他嘴唇里叼着烟，打量着她。霸道，桀骜，野性而落拓。就是这样的男人。她爱的男人。可是这个男人不会再回到她的身边。南生在凌晨一点多，在闷热逼仄的火车车厢里，在黑暗中，把衣服堵在嘴巴上，独自无声地哭泣。

罗辰在清晨八点左右的火车站，接到南生。她打电话给他，告诉他她的决定的时候，他高兴得说话都结巴起来。是的。这是一个真挚淳朴的男人。是爱她的男人。她要追随着温暖的方向去，像一只鸟。因为她累了。快死了。

她从火车门边慢慢地走下来，穿着小圆领的白棉布衬衣和暗绿的直身裙。长长的直发柔顺地披在肩上。她的脸色洁净，带着些许憔悴。她比他上次见到更加苍白和淡定。一双寂静的眼睛，是深夜的大海，看不清楚翻涌的是月光还是海底深处的潮水。她拖着自己的大行李箱，对他微笑。罗辰走上去，接过她的箱子，紧紧拥抱住她。他说，南生，欢迎你来到南京。

罗辰在汉中门附近有一套一居室简单装修的房子。是杂志社分给他的宿舍。他把南生带回家。南生在火车上没有睡好，洗完澡倒头就睡下。她睡了很久，从上午一直睡到晚上九点左右才醒过来。那一觉安稳而悠长，使她醒过来的时候感觉恍然若梦。房间很干净，有大的立地书橱，放满密密麻麻的书籍和杂志。明亮的灯光。被子有干净而陌生的男人气味。窗外是深蓝色的天空和高层公寓的灯火。这里不是枫桥，不是 N 城，不是杭州，不是广州。

这是南京。她辗转起伏到达的另一个地点。

罗辰在厨房里。南生下床，走到那里，看到罗辰在炖汤。他说，南生，我买了鸡和人参。你的身体看起来太虚弱。多吃点东西。房间里弥漫着食物热腾腾的气味。罗辰一边守着汤一边在看稿子。南生坐下来吃。吃完以后，罗辰进厨房洗碗。他没有问题问她。她点了一根烟，抽完。然后把烟头摁灭，走过去，从后面抱住罗辰。

南生的脸贴在罗辰的背上。她说，我们结婚好吗。罗辰有微微的错愕，但马上镇静下来。他说，南生，你知道我爱你。我恨不得马上就娶你。但是我必须给你一段时间，让你有考虑的余地。这段时间，我把你的工作和生活安顿好。如果到时候你依然想，我们就结婚。

那个晚上，他们睡在一起。罗辰把南生拥抱在怀里。他们没有做爱。南生没有欲望，也并不想伪装。罗辰闭起眼睛，似乎已经睡着。南生慢慢地拉开他的手臂，放在自己的脖子下面。她在窗外流泻进来的光线下凝望这个陌生男人的容颜。他的额头，他的眉毛，他的鼻子，他的嘴唇，他的下巴……他所有的部位线条，都需要她重新去认知和记忆。

这不是那个站在飞雪飘落的街头的少年。不是她在广州炎热的小房间里裹着汗水和泪水去拥抱的男人。她伸出手轻轻地搭在他的肩上，把脸贴过去。罗辰的身上有洁净干涩的气味，他的气味和体温就这样一点一点地蔓延到南生的皮肤上，像河水一样把南生包围。南生忍受着心里某种对陌生的不适和排斥，对自己说，南生，你要好好的。你要重新开始。

南生在南京居留下来。罗辰开始帮她找工作。他想替南生联系一个杂志社或报社的编辑位置。这对他来说，是能力范围之内的事情。他对南生说，你写作是有天分的，进入杂志社对以后正式进入文坛这个圈子有很大的益处。他细心替南生策划未来的计划。并提议南生休整一段时间。

他一有空就带她到处去玩，熟悉这个城市。曾经纸醉金迷的秦淮河，流淌过烟花般的糜烂和华丽，已成过眼云烟。如今褪却夜色中的酒香和箫声，只剩下沉寂。旧城区灰蒙蒙的低矮楼房，大路旁边高而粗壮的梧桐。下雨的时候，绿色的大片树叶发出陈旧的声音。

罗辰果然带她去看雨中的中山陵。他在路上轻轻俯首，亲吻南生潮湿的头发。他极其珍惜她。有时候南生一个人出去。在罗辰去上班或加班的时候。她独自乘车去看城墙。暗淡的城墙，覆盖潮湿浓密的青苔和爬藤，她在微雨中轻轻走过青石板路。然后坐在墙头看下面喧嚣的马路和玄武湖，把衣服扯起来蒙住头点燃一支烟。那一年，她二十二岁。

她还喜欢去海底世界看鱼。幽暗寂静的参观区，没有什么声音。只有在贴近玻璃的时候，听到清水里面氧气的滚动。这些来自深海的生命有着与世隔绝的自在。南生把脸贴在玻璃上屏住呼吸看着它们。她不知道它们是否快乐或难过。它们看过去只是有着孤独的姿势却从不倾诉。脚下的通道缓缓地往前滑动，头顶和两旁是巨大的水箱。一大群一大群的鱼隔着玻璃很近地游过。当它们晃着尾巴游过来的时候，南生把手心贴在上面，对着它们微笑。

生活就这样平静地继续。

罗辰每天变着花样做饭给她吃。罗辰给她买好看的影碟。罗辰晚上在书桌上写作，然后时不时地就回过头来叫她一声，南生。南生趴在地毯上看 VCD，一边抽烟，吃花生。他一叫她，她就应一声，然后过去，轻轻把脸埋在他的脖子里。

他们是亲切的，安静的，平淡的。好像认识多年，只是失散以后又再相遇的亲人。没有太多的话说。很多时候，是两个人头对头沉默地吃饭。然后一起下楼去散步，间或谈论一些文学，诗歌上面的话题。南京的冬天要到了。罗辰说，冬天南京会下大雪，白雪茫茫遮盖了城墙、山头、陵墓……这个城市的荒凉和美丽那时候才能看得到。他们一路走，一路走，走过落叶的梧桐树下，南生开始俏皮起来，她说，罗辰，抱我起来。罗辰有些腼腆，说，等会儿再抱，这里都是人。南生说，那就算了。她继续把手插进罗辰的口袋里往前走。

可是突然地，就这样想了和平。和平肆无忌惮的笑容。曾经他常常强横地一下把她拖过来，抱住她的身体旋转。她尖叫着。快乐地尖叫。她的快乐是刻骨铭心的。所以会痛苦。罗辰无法带来这些东西。

转眼农历新年要到了。罗辰已经把南生的工作确定下来,去他有熟人关系的一家有名文学刊物做编辑。这样南生可以接触到很多有名的作家、评论家、传播媒体。只要她努力,在这个便利的工作位置上,可以做很多事情。我会帮助你,南生。罗辰看着她。他说,我们两个在一起天衣无缝。

南生答应去罗辰的家里,和他的父母一起吃饭。过完年以后她就要去上班。

罗辰带了单位刚发的年终奖金,带她去百货公司买衣服。他们一层一层地逛。拉着手。身边是拥挤的喜气洋洋的人群。罗辰偶尔探过头,轻轻在她的额头上轻吻。南生百感交集。没有一个男人像罗辰这样珍惜她。她很柔顺。罗辰挑的是他认为南生穿上去会好看的衣服。墨绿的羊绒大衣,白色高领羊毛衫。还买了一枚小小的白金戒指。他把它套在南生的食指上。他说,南生,以后我会换个钻戒给你。不会太久。

南生微笑不语。她用手指抚摩着那枚冰冷僵硬的戒指,看着罗辰心满意足的神情。她想,就这样吧。就这样吧。只能这样了。她把这些她不喜欢的东西抱在怀里。

南京终于是下起雪来。那一晚上南生和罗辰做爱。南生感觉到罗辰在黑暗中包围着她的气息。他的手柔软而温存。他的身体与和平不一样。

　　和平是灼热、残暴而强大的。和平的气味和皮肤是她记忆中重复无数次以后留下的创伤。而罗辰的身体，只是懦弱而温情地紧贴着她。没有力量，也没有激情。她不习惯他的抚摩方式，不习惯他瘦长的身体，滑腻的皮肤，甚至不习惯他口腔里的味道。当两个人没有任何遮挡，如此深入地接触，她才发现，她依然没有习惯这个男人。

　　但是南生努力想让罗辰感觉快慰。她柔顺地抚摩他的身体，让他感受肌肤相亲的愉悦。虽然心里没有丝毫感觉。甚至在某一刻，她抬起眼睛，看到他的喘气和被欲望控制的脸，心里竟然闪过反感和厌恶。她记得黑暗中和平在她身上的脸。和平的英俊和兽性。和平灼然有神的眼睛……南生看着自己洁白的身体，这具遭受过劫难和伤痛的身体。她不相信它已经被和平打上烙印。她再次感觉到耻辱。她只能把自己的眼睛闭上，不去看俯在自己身上的那张脸。那张另一个男人的脸。她的眼泪顺着眼角掉下来。

　　罗辰持续得不久。他很快就软弱和退缩下来，满身都是黏湿的汗水。他有些沮丧，轻声地问南生，你是不是生气，南生？南生轻轻说，没关系。南生并不失望。这一个夜晚，南生感觉到的是无可替代的绝望。她知道她不能够爱上他。

终于去见罗辰的父母。罗辰有个哥哥和在读大学的妹妹。一家人很是热闹。罗辰的爸爸妈妈都在大学教书。性格温和，有职业高贵的气质。那天是除夕。又到除夕。这是家人团聚的日子，可南生从来没有正式享受过这个节日。有很多个除夕带给她的，始终都是深重的痛苦。除了这一个夜晚。

　　冬天的南京下大雪。雪花飞扬着笼罩了整个空旷的城市。一家这么多人，围着热腾腾的饭桌，聊天，说笑，吃火锅。这是南生感觉新奇的一个夜晚。他们对她一点点偏见也无。不询问她为什么大学退学，为什么从杭州到南京，为什么和罗辰草率同居……他们小心地避开所有敏感的话题，只是不断为她夹菜，对她微笑。南生为这份热情感觉手足无措。她不习惯别人对她太好。怕它碎裂，因而心中更惊惶。她尽力掩饰自己的诚惶诚恐。是的。对她好的人不多。她的往事里属于温暖的东西太少。

　　他们讨论了婚事。再过一两年吧。春节的时候。罗辰微笑，看着南生，一边在饭桌下伸出手把南生的手指包裹在自己的手心里。他的手大而暖和。我们可以请假出去旅行，去欧洲滑雪。南生顿然感受到注视过来的热切的视线。她笑着点了点头。罗辰的脸上露出欣慰的笑容。

　　吃完饭，已经很晚。大街上大雪弥漫。南生和罗辰步行回家。

街上空空荡荡，梧桐树光秃秃的枝干映照在雪地上，偶尔有鞭炮的声音寥落地响起来。南生再次意识到自己是在南京。一个陌生的没有亲人的城市。一个她将拥有丈夫、婚姻和家庭的城市。

她喝了很多红酒，脸上很烫。罗辰走在她的身边，一直絮絮叨叨。他今天晚上很高兴。南生停下来，从裤袋里摸出一包挤得皱巴巴的烟，给自己点上。她已经憋了很久。走到楼底下的时候，她对罗辰说，你先上去。我去超市买点东西。

南生走到街道拐角的电话亭。电话亭里没有人，只有雪花凌厉地敲打在玻璃上。南生把烟抽完，扔在地上用脚踩灭。犹豫着。呼啸的大风吹起了街上的雪屑。高高耸立的公寓楼里，房间的窗口透出橙黄的温暖灯火。过年了。大家都在团聚。在枫桥外婆家的时候，爸爸就会从城里来，给她带来新衣服新鞋子。藏在抽屉里要到大年初一的时候才穿，可是她忍不住，总是一次次跑过去打开抽屉看，摸着衣服和鞋子，恨不得时间能够飞快地走……那时候她还是快乐的。包括在 N 城。和平会带她去放鞭炮。会带她去看烟火。

她所曾经拥有过的往事，像潮水一样退却，没有留下任何痕迹。只有孤独是一场疾病，慢慢地让她残废。这一刻，她如此渴望听见和平的声音。她想知道，他在哪里。他过得如何。他是否幸福。她在电话里听着铃响了三声。在第四声结束的时候，终于搁下了电话。她对自己的痛苦已经丧失面对的勇气。

南生开始在杂志社上班。

之前她做过许多纯粹是为了赚钱的工作。快餐店，酒吧的计时工，销售，做广告，为电台做文字编辑……她是为了生活而工作。而这一份工作，她是在为它而生活。每天早出晚归，策划栏目，组稿约稿，设计选题。时常出差。同时，南生自己创作。她写小说。让自己忙碌得滴水不漏。这样可以避免去正视她和罗辰之间的感情。可以避免和他做爱。

她害怕和他做爱。那种陌生的感觉使她觉得自己是在出卖。可是又明白这个男人是珍惜和爱护她的。把头埋在那个男人的怀里，不忍心又不甘心。心里总是黯然。罗辰不是不清楚南生对他的冷淡。但他只把它当作她的习性。第一次见到南生的时候，她也是如此。站在角落里抽烟，对任何人爱理不理。她的身上有闪光的才情，只是被生活的创痛埋没了太久，所以她对自己并未曾了解。她不清楚自己心里的激情和能量。不相信它们可以带着她超越任何普通的众生。

去作协开会的时候，很多年轻的女作家打扮得花枝招展，自诩另类时尚。对出版社和媒体的领导套近乎。这种事情南生做不来，也觉得索然。她没有期望和需求，所以也就没有机心。一个穿着白棉衬衣、旧牛仔裤的年轻女子，长发披肩，略显凌乱，脸上的表情平淡和沧桑交织，气质不群。

命运似乎眷顾任性而无所求的人。南生的小说引起反响。如同烟花在夜空中爆破，照亮了旁观者的眼睛。她的书开始畅销。一时，采访和约稿频繁。南生以非主流的姿态进入出版界。南生拿到版税以后的第一件事情，就是给自己租房子搬出去住。

她刚刚起步，钱也就这么多。但是仍然坚持地做了这个决定。她对罗辰说，现在住的房子离杂志社太远，而两个人都需要创作，挤在太小的空间里也有影响。

罗辰一直沉默。他说，南生，我不想让自己感觉你这样做是想离开我。

如果想离开你，我会离开南京。南生看着他的眼睛。她说，我从小就没有属于自己的家，一直寄生在不同的环境里面。我只是想有一个属于自己的家。

难道你认为现在这样也是寄生吗。我们会有一个共同的家。

不。我希望你了解我。我是自私的人。只注重自己的感觉。

房子在市区的高尚地段，是有些历史的老房子。生锈的铁栅栏的露台，爬满了青藤。房间很宽敞，窗外是高大的桂花树。南生让房东把所有的旧家具搬走。自己去买了新的木床、衣橱、书橱、桌子。买了白色的麻纱窗帘和桌布，整套纯棉的小碎花被褥，精致的瓷器和线条古朴的灯具。买了大玻璃花瓶，每周买来大束的百合和鸢尾插在清水中。然后，她把父亲和母亲的照片镶进木头相框里，挂在了墙上。外婆的《圣经》放在床边。

那个夜晚，南生独自睡在属于自己的房间里。她和罗辰约定每周双休日在一起，平时大家各自为事业忙碌。事业。那无非也是借口。如果真的爱一个男人，女人是甘心为了他下厨房，生孩子，长相厮守的。但是，罗辰不能让南生甘愿。

就这样，转眼之间四季轮回，时光如水。南生在南京已经停留一年半。南生认识了乔。

乔是她的读者。南生从来没有想过和自己的读者做朋友。她习惯独自在阴影中呼吸，对周围的陌生人有本能的自我保护心理。她因此不容易有朋友。每天收到的读者来信太多。有男人有女人，对她诉说往事，发泄情绪，也想请她出去吃饭喝茶。南生不给读者回信。读者的信来来去去，有些只出现过一次名字就不见了。然后新的人新的信蜂拥而至。但是乔不同。

乔一直持续地写大量的信给她。有时候只有一个简短的标题。比如乔看到网络上有人骂林南生的小说是毒药，讽刺她，乔就会写信给她说，南生，今天可以抽空把抽水马桶清扫一下。然后洗洗睡觉。她也告诉南生她的故事，她说她和一个来自松花江的北方男人同居。他们一起组乐队，走过很多城市。所以她相信，两个人在一起能共同做些事情是稳定的力量。而激情，太薄弱了，不足以维持。

乔在信里是坚强的落落大方的女人。她在南京的酒吧和餐厅里轮流演出。她会唱歌，演奏小提琴、吉他、钢琴，谱曲，写歌词，跳舞……很小就离家出走，在全国各地跑江湖。她看很多书，喜欢阅读。但最爱看林南生的小说。她说南生的小说能够直抵她最后一根肋骨下面的倒数第二根的神经。乔在邮件里对南生说，我每周六在 Banana 酒吧。如果有空，过来看我。我很爱你。

那时候已经是秋天。南京的秋天是美丽的，深蓝的天空高而遥远，街上黄叶纷飞。而南生和罗辰之间的隔阂却渐渐地凸显出来。罗辰开始焦躁不安。因为南生渐渐陷入到一种自我沉溺的生活方式里面。每天写作达到十个小时，从晚上七点一直到凌晨五点。然后睡觉到下午一点起床。去杂志社处理工作。她几乎不再留出任何时间给他们彼此之间的感情。很久没有散步，看电影，做爱。她拒绝再去他们家里吃饭。

罗辰是聪明的男人。他没有给予任何质问或控制。他只是告知南生，他们需要去看一些家具和家庭用品。因为他们的婚期即将到达。

他说，南生，有时候我感觉自己配不上你。你太优秀。他的眼睛带着歉疚，注视着她。

南生心里黯然，她说，是你救了我。罗辰。不管何时重提，你都曾经拯救我。

我还希望一辈子照顾你。

南生无话可说。周末，罗辰总是会骑自行车过来，等在杂志社门口接她下班。然后一起去吃饭。那天，一起吃饭的还有一些评论家，都是罗辰的朋友。罗辰说，和他们熟悉一下，他们以后都可以帮助你。

可是我不需要这样的帮助。罗辰。我只认真写我想写的东西，读者喜欢，自然会去买来看。不喜欢，自然就不再看。和评论家有什么关系？

你不懂。南生。很多事情不是情理中的那样简单。不过，你只管写你的小说，我会替你打点所有麻烦。

南生在饭桌上一直埋头吃菜。她在感觉无聊的时候从不多言。她听到有人用纯粹私人的观点去给别人的作品下定论，用的却是不容置疑的口吻。觉得索然。不写作的而看别人写作的人，应该都是统称为读者。只是那些有发言权的读者就成了评论家。

书是作者写给读者看的。读者可以选择看或不看。但如何有资格去指点作家该如何写作，甚至盖棺论定。南生的思维接受不来这样的权威。她终于是坐不下去了。把手里的筷子重重地顿在桌子上，然后起身头也不回地走了出去。罗辰赶出来追她。他着急地说，南生，大家彼此逢迎一下。你何必当真。你何必不给自己和别人留下余地。

我已经给你留了余地。罗辰。我清楚自己的道路。不要试图改变我。南生看着他，推开他的手。

我一切只是为你。南生。

不必。你知道你无法控制我。即使在我最落魄最危难的时候，如果我不同意，你也无法控制我。南生说，对不起。罗辰。

南生独自上了公车。她没有看清楚车牌。只是盲目地坐车。因为多日熬夜的疲倦，她睡着了。做了一个梦。看到自己在路边上了一辆公车。车很旧，车厢后面有积水和垃圾，散发着臭味。空荡荡的车厢只司机和她一个人。司机把晚班车开得像飞一样。中途才开始有陆续的乘客上来。起起落落的。到最后几站的时候，她发现车厢里只剩下另一个乘客。

那个穿着白衣蓝裙的女孩，坐在和她隔了一条过道的位置上，一直侧着脸看着窗外。外面下着大雨，公车的玻璃窗上面，有模糊的水印，一条条地流泻下来。城市是个巨大的寂静的容器。充满着喧嚣而空洞的雨声。女孩光着脚穿一双塑胶凉鞋。那种八十年代的孩子穿的凉鞋。她的两条腿紧紧地并在一起，双手插在膝盖之间。她的姿势沉浸在深不可测的黑暗里面。车子一直在开。她不清楚她坐着车子是在出发。还是回归。女孩子没有回头。她旁边的位置上放着一只旧的书包。

南生说，你到哪里去。她不回应，似乎未注意到她的存在。然后她伸出手去抚摩窗上的水滴。水滴延伸下来的纹路。南生看到她洁白的手腕上，那些坚硬的伤疤。它们支离破碎。它们很荒凉。南生的心里疼痛。但是在自己的位置上无法动弹。不能靠近她亦不能离开她。突然清醒过来，南生想，那是她的少年。

她下了车，沿着大街往前走。看到街角 Banana 巨大的招牌。她想起了一个邀请她的女子。于是她走进去。里面的天花板很低，黑暗中人影闪动，空间像洞穴一样不断往里面延伸。然后在角落的舞台上，南生看到一个五人乐队在表演。贝司，鼓手，吉他，电子琴。然后还有一个作为灵魂人物的女孩，穿着紧身的黑色皮裤，黑色镶亮片露腰吊带，扭动着纤细的腰肢在拉小提琴。她很年轻，头发漆黑，脸瘦削平淡，却有一双猫一样机灵的眼睛。

音乐不错。歌喉也不错。女孩一首接一首地唱歌。王菲，邓丽君，粤语，英语，日语，闽南语……任何歌曲都模仿得惟妙惟肖，难不倒她。中途还要插科打诨，维持气氛。这样整整持续了两个小时，然后中场休息。

南生示意招待过来。她说，给那位唱歌的小姐叫一杯冰水。乔对她说过，她的嗓子只有喝了冰水才舒服，才最能发挥。女孩子接过冰水，眼睛看到南生，然后她走了过来。

你来了。她淡淡地闲散地和南生打招呼，仿佛她们早已经认识。然后她坐下来，抽出一根烟给南生。

南生看到她描了重重眼线和涂了唇膏的脸，上面银光闪闪，缀满亮片。她说，音乐不错。

你喜欢就好。乔微笑。谋生的小把戏，但求博得别人的快感。很低廉。

持续到几点钟？

每晚三个小时。从十一点到凌晨两点。

我等你下班。

好。乔快乐地笑。她凑过头去对她说，南生，你比我想象中的要漂亮。这真让我高兴。

那一晚，乔结束以后带南生去吃夜宵。和乐队的成员一起。那都是一些性格桀骜，言语放肆，无拘无束的人。经历和乔相似，早早地离家，出来跑江湖。乔说，我们过的是醉生梦死的生活。

那个鼓手是她的男友。一个长发披肩的男子，穿着黑色紧身衣。当他俯下头的时候，头发就倾泻下来，遮住了他的脸。他们吃麻辣火锅，喝很多酒。然后有人弹起了节拍狂放热情的吉他。乔手中夹着烟，尖叫一声，走到街边，快乐而不羁地扭动腰肢。南生和他们笑着鼓掌。对她吹口哨。深蓝色的天空已经出现了淡淡的曙光。然后，乔对南生说，跟我们回家。你和我一起睡。

他们一起租了一套大房子。房间里摆满乐器和曲谱。还有满地的烟头、酒瓶，及包装暧昧的空药瓶。南生在乔的房间里看到红色的床单，黑色的窗帘，还有一大堆书。枕头边是南生的小说。那本蓝封面的小说，已经翻得很旧。

睡觉之前读你的书。南生。你能让我平静。

其他人还没有睡，在那里开玩笑，尖叫着奔逐。然后有人弹起了优美伤感的吉他。乔脱光衣服，赤裸着纤细洁白的身体，坐到宽敞的窗台上去抽烟。她说，南生，我们来聊天吧。我很久没有和别人聊天了。找不到对手。

南生不记得自己是什么时候睡过去的。她对乔谈起了和平和罗辰。从小她是压制自己的人，什么话都不愿意对别人说。但是这种孤独感，已经渐渐让她无法呼吸。乔是一见如故的女子。和她在一起，令南生感觉放松。

我的婚期将近，乔。南生对她说，可是我心里日渐积累破坏的欲望。

你想如何。

想辞掉工作，离开罗辰，离开南京。

你要放弃你现在拥有的一切？

南生黯然微笑。这样很不可理喻吗，乔。很多人之所以顺从地过了一生，是因为他们一直在做着理所当然的事情。

你是真的爱着和平，还是爱着你心里一直无法被满足的空缺。南生。为此你颠簸流离，不断翻覆。但是你能确定你想要的就是你所在寻求的吗。

乔说，我们一直没有停下来过，是不能相信自己所真正寻求的东西。我至今未确定什么是人生中最重要的东西，金钱肯定不是，爱情也不是，事业也不是，生命也不是。所以我有时候会吸毒。我到处流浪，和很多男人在一起。我无法进入正常的社会和现实。我知道有些东西在变质，在以不可抵挡的加速度往下滑落。我只担心有一天自己想阻止下坠都不可能。

在你的小说里我看到温暖光明的东西。南生，虽然你一直在描述黑暗。可是我看到那些东西。它们纯粹唯美，充满幻觉，它们在对我说，要学会舍弃，要走下去，要相信命运。我们在一点点地经历，一点点地选择，一点点排除。那种手心里一无所有的感觉你有时候怕不怕，南生？

我知道你会恐惧。我也会。南生。我们都在恐惧……

…………

南生醒过来的时候是正午十二点。窗帘有隐约的阳光照射进来，房间里很阴暗。空气里混杂着烟草和酒精，非常污浊。乔赤裸的身体躺在她的身边，像一朵苍白碎裂的花。南生起床穿衣服。房间里没有任何声音。所有的人都还在熟睡。他们是夜晚才出行的动物，躲避着纷扰喧嚣的人世。南生给乔留下她手腕上的一只银镯。她在一家小店铺里觅得，以极便宜的价格买下。但戴了多年。她感激乔给予她一夜的倾谈。让她听到自己内心从矛盾重重中凸显出来的欲望。清晰而灼热。

那个下午，南生在外面晃荡。她没有去上班，也没有回家。她要好好地看一下这个生活了一年半的城市。黄昏的时候，她去看达利的画展。达利不是她喜欢的画家，她只喜欢梵高。梵高色彩艳丽，线条笨拙的油画。孩子的涂鸦。梵高郁郁寡欢的脸，带着不知所措的纯真。展览馆里很阴冷。有一幅画的标题是：一个人的脑袋里充满云朵。小素描的纸张已经暗黄。铅笔的铅粉也已磨损。时间就是这样，把一些人的思想和情感保存下来。留给后来的人去猜测。

南生想，她的书也会变黄变旧。也会在她死去之后，被她读者的儿子、女儿、孙子、孙女看到。也依然会被有些人贬低，有些人热爱。他们都是有惶惑和恐惧的人。一个人在写，一个人在读。就这样，彼此安慰，作品获得了生命。而某一天，她就会停止。等到她不再感觉惶惑和恐惧的时候。

在书店里，她看到一本书的封面是一张黑白的照片：一个女孩和一个男孩走在小镇的铁路上。没有人知道结局是什么。他们在行走。这幅黑白照片让南生想起了和平。她随时随地都会想念起他。他是在她的生命里。她已经可以确信无疑。她在街头的商店台阶上坐下来。已经黄昏了。暮色中人流涌动。这个城市依然何其陌生。就像她在杭州做完人流的时候，她在烈日之下感受到的剧烈的孤独。

为什么她一直在陌生的城市陌生的人群里生活呢。南生问自己。她要回家。

南生给和平打电话。这个号码一直在她的心里。可是她用了一年半的时间来逃避这个可能发生的简单动作。和平的声音清晰地从话筒里传出来。他说，哪位。

她说，和平，我是南生。

南生。和平的声音是温和的。他说，我知道你在南京写作。你的书我在书店看到。你生活得很好，我很高兴。你的父母也会感觉安慰。

你真的高兴吗。和平。

自然。和平说，当初你匆促离开杭州，杳无音讯，我一直寻找你。

为什么要寻找我。你并不爱我。

不。南生，请再不要和我纠缠这个问题。我只要你幸福生活。

那你呢。你和阿栗是否幸福。

这个问题不需要你关心。

南生说，和平。我只想告诉你，两小时之后我会在广州的机场。我决意来看你，不用阻止我。但你可以选择是否来机场接我。我会等你。等到死。

天气已经寒冷下来。南生等在机场。一个人坐在空荡荡的候机大厅里，看着玻璃窗外大风呼啸的灰白色天空。她什么也没有带走。只是带着自己的旧行李包。这只行李包，她带着它四处颠簸，已经很破旧。南生想，原来她一直拥有的，只是这只行李包。

想给罗辰留一封信，却发现自己无话可说。她已经对他说过对不起。对不起。不需要原谅。不需要再见。不需要告别。不需要解释。她把罗辰买给她的戒指脱了下来，和他房间的钥匙一起留在桌子上。她想他看到这些的时候，应该明白。

在等待中，脑子里的画面一幅幅地重新回闪。南生看到一个穿着白裙的女孩慢慢爬出阁楼窗口，坐在屋顶上抬起头仰望天空。没有人告诉她，幸福是什么。幸福是照射在脸上的温暖阳光，瞬间就成了阴影。

除 夕

又见到和平。

南生走出机场的出口处，看到站在空旷广场上的和平。高大的穿着棉风衣的男人。他疲惫而着急地张望，隔着冷冽的空气和茫茫夜色。和平的出现让世界恢复了千疮百孔的甜美和强大。南生拎着行李包走向他。她走得很急。夜风让她浑身颤抖。但是她摸到自己脸上的泪，又热又痒地流了满脸。

和平看到她。他说，南生。为什么你这么任性。我最恨你的任性。

她抱住他的脖子，把整个身体都往他身上蹿。她闻到熟悉的气味。他头发的气味。他血液的气味。他皮肤的气味。她什么都不能再说，只是紧紧地，紧紧地抱住他。

所有的事情都被抛在后面。工作，前途，南京，罗辰和他的家人……南生想，原来，和罗辰在一起近两年的日子，所有的温暖和安定，如此不堪一击，简直就像一场梦。甚至在她心里没有留下任何痕迹。她终究是一个被打上烙印的人。是残废的，支离破碎的，无可回避的。

晚上，和平把她带到往日的酒店。他们再次在黑暗中紧紧地赤裸地相拥。南生听到自己发出的呻吟。甜美的快乐的呻吟，轻轻地从她的灵魂深处散发出来。她抱住这个男人。她知道，她抱住的是整个世界的空虚。

时间一点一点地过去。窗外的天空渐渐露出曙光。和平已经睡着。南生坐起来，一边抽烟一边在阴暗的光线中默默地注视着他。他的脸上是她熟悉的英俊阴鸷的轮廓。就是这个男人。她逃得再远，躲得再远，都是要回到他的身边去。南生看到他的眼睛慢慢睁开来。和平变了。从曾经的对世界充满愤怒的叛逆的少年，四处碰壁，跌跌撞撞之后，变成一个隐忍着痛苦和无助的成年男人。

和平说，你想劝我回N城吗。我不会回去。在这里有我的事业，有需要我的女人和她的孩子。这是我的生活。

为什么你一直不爱我，和平。

南生，当我们一起去木材厂里刨树皮，当你为了我去偷东西，当你想念父母满脸眼泪的时候，我曾想把整个世界撕碎，然后带着你远走高飞。但是，我没有这个能力。我是活在底层的人。我们不应该在一起。和我在一起，你会庸碌无为，每天一早起来清扫餐厅，去菜场买菜，闲来打打麻将……我们已经全然不同。南生。不要一直用你的记忆和凭借我的身体来渴望我。

他侧过脸去。他说，等会儿我就送你走。不要再来广州。南生。

南生不说话。她靠在墙壁上抽烟。外面就是混浊的浩荡的珠江。陌生城市喧嚣的市街声响已经像潮水一样涌过来。南生体会着自己心里的绝望。她一直都在这样地绝望着。她黯然地对自己微笑。她说，你已经把广州当成故乡了吗，和平。

不。有时候清晨醒来，听到周围陌生的广东话，心情极为荒芜。

你还记得那带着海水腥味的台风吗，每年八月的台风。石板路街道两旁的梧桐树总是被刮得满地枝丫，我们在小阁楼里面，听到打在窗玻璃上的雨声……

南生，停住。

还有我们的亲人。爸爸，妈妈，我们爱过的恨过的亲人。他们的气味不在这里。跟我回家去。和平。

和平的眼泪流下来。他说，为什么，为什么你一直这样对我。

因为我知道，这个世界这么多人，可他们对我来说都是不相干的。我只有你。和平。南生难过地看着这个男人。跟我回去。哪怕只有几天。

和平简单收拾了下，将要带的东西装进行李箱，甚至都没有和阿栗道别，就被南生坚持着，一起上了飞机。有一刻，他是脆弱的。南生的执着已经让他几近崩溃。包括南生，她的疲倦也已经让自己几近崩溃。飞机呼啸而起的时候，南生紧抓着和平的手指，眼睛里热泪涌动。她终于带着爱的男人回家。

和平看着南生靠在他的肩头上睡觉。她的脸在他的怀里充满无邪的纯真。只有在他身边，她才是心甘情愿的。她抱着他的一边手臂。紧紧的。怕一放松，他就消失不见。和平问空姐要了毛毯，裹住南生。南生的眼泪顺着眼角滴落在他手指上。此时远方的 N 城正降临一场白茫茫的大雪。

旧日居住的弄堂已经拆迁了。原来的位置上盖起一幢外贸大楼。城市变样很多，很多高楼大厦像暴发户一样林立起来。主要的大街全部拓宽。这是南生除枫桥之外的第二个故乡。她的童年，她的少年，她的初恋和童贞全部埋没在这里。她想和她的男人回到这里。可是她知道她是在勉强地维持自己的意愿。

他们已经没有房子，除夕近在眼前，只能住进酒店。房间在三十一层。他们买了一大堆泡面、饼干、啤酒、香烟。关在客房里，不管人间忧欢，过着封闭的不见天日的生活。

大雪停止。一直下着阴冷的雨，偶尔有雨夹雪。南生把羊绒大衣、高领羊毛衫通通脱掉。这身装束是罗辰喜欢的。中学女教师一样的打扮。罗辰看不到她的灵魂。南生穿回自己的衣服，白色衬衣，旧牛仔裤，光着脚在地毯上走。长发放下来，在裸背上散乱地晃动。她不停地走动，抽烟，喝酒，沉默，与和平动物一样无休止地做爱，看电视，吃东西，洗澡，吵架，互相在黑暗中拥抱着睡觉。他们也试着对话，想理清楚他们的未来。

在酒店住了七天。暗无天日的七天。封锁所有的电话和讯息。日子一天一天地过去。分别即将在眼前，两个人似乎都已经想清楚。和平对南生说，他在广州和阿栗已经把餐厅开到第七家。阿栗是个性坚韧的女人。

南生说，她要和你结婚吗。

和平说，对互相依赖和信任的关系来说，一纸婚书已不是关系的关键。但如果我们愿意，随时都可以。

南生低声地说，以后你再也不会来见我。

是。我答应过阿栗，和她结婚以后，要对她好。

来看我就是对她不好了吗。

南生！和平突然发怒地喝道，你就是这样，倔强任性。我不愿意看到你，就是因为你总是在提醒着我自己的过去。和你一样的不可理喻，一样的自私。南生笑起来。她说，好，我自私，我任性，我是你的伤疤和犯罪记录。我会走得远远的，让你不再见到我。

要不要我躲到北方去？

不用。只要你不在我的面前。即使是住在隔壁也已经足够。

没有我的生活，你才会幸福吗。和平。

我不知道。但是我想，我会有七家餐厅来打理。有一个快乐的女人和她的孩子。我会劝告自己知足。

是。我们都有更好的选择。如果我嫁给罗辰，我也会不错。有一份稳定的收入不错的工作，越来越多功成名就的机会，有一个平淡的家庭和一个视我为财富般珍惜的男人……她看着和平，黯然地笑，和平，从什么时候开始我们都这么功利和现实了呢。难道感情是最容易被首先放弃的东西吗。

我会一辈子照顾你，南生。我会给你钱，让你过得好。我不会再让你受苦。

你从我十七岁开始就在给我钱了。你从我十七岁开始就不再给我你的感情了。南生低声地说。她跑进卫生间，把门用力地锁上。她对着大镜子泪流满面，发现自己的身体因为难过在不停地颤抖。

和平过来敲门。他沉着地对她说，我们都会各自结婚。南生。你应该再回南京，那个男人并不知道你是为了什么离开南京，你有理由回去。你会有很好的生活。相信这一点。不要再和我纠缠。

第八天．他们达成共识。南生同意和平回广州，她回南京。他们一起去火车站。火车站依然喧嚣，肮脏。外面雪雨交加，气候非常恶劣。候车大厅里人群涌动，空气混浊。和平把行李交给南生，让她管着，然后自己挤到队伍中去买票。南生拖着行李箱走到大门边。她又看到了那家卖馒头的小店铺。还有对面的停车场。

和平买了票，走出来找她。南生一个人坐在行李箱上对着外面发呆。他说，你的是一个小时以后的票，我比你先走，半小时以后就上车。南生站起来，她的头发已经被融化的雪水淋得湿透，脸色苍白。她低下头微笑。她说，和平，我想对你说一件事情。和平说，你讲。

　　七岁的时候，我跟着父亲第一次来到这个城市。在这个车站下的车。他问我饿不饿，我说饿。他把我放在停车场那里躲雨，然后一个人过马路去给我买馒头。他在那个小吃摊买馒头。站在马路边要过来。然后三分钟以后他被货车撞死了。南生转过头看着和平。她说，和平，我知道消失是很快的事情。很多人一旦分开也许会永远都不再见面。

　　和平动容。他说，我只知道他出了交通事故。

　　是的。他死于交通事故。在任何人眼里，他只是交通事故的受害者。很普通的事情。每天都在发生，没有什么稀奇。但是没有人像我这样，眼睁睁地看着他从我身边离开。这个男人，他抱我，来看我，爱我，照顾我，他说马上要回来，却从此再也看不到。他说，等在这里。南生。等我回来。这是最后一句话。我相信他，一直等着他。可是他却不回来。

　　她慢慢低下头去，轻声说，和平，从那时候我知道，消失，遗忘，死亡，告别……都是会随时发生的事情。它们太霸道了，容不得违抗。可是我很傻，总是想弥补自己的遗憾，以为会留得住一些东西，记忆，幸福，耻辱，爱情，时间，还有痛苦。可是最后依然没有用。她的眼泪流下来。

　　和平看着她，心力交瘁地疼痛。进站的播音响起来。身边是涌动的喧嚣人群。那个头发潮湿的受到伤害的女子依然在微笑。她把自己的肩头微微地收缩起来。和平对自己的残酷无能为力，只能放下行李箱，紧紧地，紧紧地把这个失望的女子拥进怀里。

和平那一天没有走。跟着南生又回了酒店。人回来了。问题依然在。南生知道和平依然在矛盾和犹豫。他爱她。他放不下她。她一次又一次地瓦解着他的决意，但没有办法让他选择停留下来。他们的对谈是没有出路的。两个人纠缠着，于是又只能做爱。只有做爱，能够让他们暂时逃却这世界的局促和时间的紧逼。南生抱着和平赤裸的身体，她想她贪恋着他的肉体和灵魂。她已经没有退路。

那天晚上，她从外面回到酒店，看到和平在喝酒。他喝了很多，醉得一塌糊涂。南生，阿栗给我打了电话，她怀孕了。我得回去。和平说完，倒在床上人事不省，独自躺在黑暗中呻吟。只有手机不停地在响。南生知道是阿栗在催他。而她的手提电脑里，也已经塞满了罗辰的邮件，他一封又一封地追问，南生，你去了哪里。

南生什么也不说，什么也不做。坐在地毯上，双手环抱着膝盖，等待黑夜过去，黎明到来。等待和平清醒。等待命运给她结局。她留住了和平。但是知道只是暂时的挽留。她是和平的缺陷和痛苦。他想过正常的生活。他没有错。他唯一的错是不明白南生的感情接近残废。她已经无法爱上任何人。

她起身，坐在窗台边眺望下面的万家灯火。她抽了一个晚上的烟。她的手一直在抚摩放在口袋里的药瓶。那个药瓶一直跟着她。她曾无数次自问，她的底限在哪里。她始终在盲目而执着地前行。怕自己一睁开眼睛，就发现一切只是一场幻觉。

然后，曙光渐渐变白。清晨到来的时候，南生下楼去散步。她看到菜场里早起的人，熙熙攘攘，一派生气勃勃的生活气息。每个人都在平常地生活着。只有她和和平不可以。

她给乔打电话。电话通了。乔说，南生，你失踪了吗。

南生不言。她的笑声听过去很轻松。她说，乔，我和和平回了家。我们每天在一起。我守着他。乔说，他决定回到你身边吗。抑或他只愿继续往日的生活。南生说，你猜。我想他不会愿意和你在一起。我相信他爱过你，只是对你的爱

太多负罪，已经让他疲倦。他会觉得在广州的生活比较轻松。因为和一个不爱的女人在一起，他才会坦然。可是我不能失去他，乔。

是这个世界让你觉得失望。南生。你这样对他不公平。

南生微笑。挂下电话。那天是除夕。天气很寒冷。南生在大街上顶着寒风回酒店。在路口她突然看到一群黑色的飞鸟，平展着翅膀掠过她的头顶。它们没有发出任何声音。寂静得像天堂飘落的叶子。南生仰着头看它们消失在楼房的边缘。她在自己的脸上摸到冰冷的眼泪。可是她觉得自己并没有哭泣。她的心已经无法再疼痛。第一次见到和平的除夕，那一年她七岁。

回到酒店的时候，和平已经起床。他刮了胡子，穿戴整齐，显得神清气爽。他已经再次收拾好行李。他说，南生。我必须得走了。南生慢慢地向他走过去。她的脸因为一夜无眠而苍白。眼睛却幽深得像深不可测的海底燃烧着火焰。她说，你真的要走吗，和平。

是的。我要走。

南生沉默着，她好像在费力地思考着什么。皱着眉头，神情忧郁。然后她慢慢地走向和平。她说，我这样爱你，和平。

那是早晨六点三十五分。除夕。南生做了她力所能及的最后一件事。她把预先在散步时买来的刀用力捅向了和平的腹部。她确信这把刀扎到了根部。她的手紧紧地压在刀柄上，全身因为用力而肌肉紧缩。和平的身体似乎寒冷般地战栗了一下。他姿势笨拙而钝重地推开南生。他说，南生，你终于这样做了。他把刀刃从腹部拔出来，雪亮的刀尖上沾着黏稠的鲜血。衣服上却没有鲜血渗出。和平的脸色没有改变，只是微微趔趄。他镇定地站起来，拿起地上的行李箱。他再次轻而坚决地说，南生，我必须得走。

南生的脑子里已经一片空白。和平转身慢慢地走向电梯。他面无表情，步履摇晃。一只手拎着行李箱，一只手捂着腹部，脸上有一种奇异的悲凉的表情。南生茫然地跟着他走。酒店那条长而狭窄的走廊，洒下阴暗的光线。某一刻，南生以为她和和平走在一条生死茫茫的道路上，已经没有尽头。

和平走进电梯。他转头对南生说，如果我曾经亏欠过你，那么现在我们应该已经两清。请你放我走。南生。南生的双腿发软，神情麻木地跪了下来。直到那一刻，和平手里的箱子终于沉重地掉在了地上。他靠在电梯墙壁上，像一袋崩溃的沙土袋子，慢慢滑落下来，倒在了地上。他捂着腹部的左手摊开在地上。沾满鲜血。

..Side C 散场了

一个人的生活

我终于正式辞去在网站的工作。这份工作大概只维持两个月不到。去办公室收拾东西的时候，彼得在他的办公桌前装作忙碌，不搭理我。我想他大概心存尴尬。对我似真似假地试探，最后的结局却让自己受伤。又能如何。我们总是希望对方能多付出一些。很多事情并不能称心如意。

我拿着自己还没有用完的大瓶雀巢速溶咖啡，走过去对他说话。彼得，这些咖啡给你。他抬起头，略显慌乱地闪躲我的眼睛。他说，你今天就离开吗。是。我对他温和地微笑。谢谢你这段时间照顾我。他说，我听说你在家里写小说。你是一个作家吗。大概不是。我说。我不清楚这些消息传播得为何如此之快。办公室永远都是是非之地，让人疲倦。辞职应该是正确的。他送我下楼。我想阻止已经不可能。他说，乔，以后我还可以约你出来吗。看看电影，去酒吧……

他对我絮叨，在楼下门口一眼看到开着车等我的森，顿时哑口。森穿着白棉衬衣，黑色棉风衣，干净恬淡，在那里安静地对我微笑。我说，彼得，这是我的朋友。他低声说，乔，你要结婚了？是。我说。他顿时神情萎靡，对我挥了挥手，很快就进了电梯。

那天，森陪我去看房子。我决定从旧洋楼搬到面积很小的单身公寓。这样房租可以降低一千块左右。小说正式启动以后，就推掉了大部分的专栏约稿。我想我可以一再地让步。就像偶尔有钱的时候，可以挥霍它们到一无所有。太有钱和没有钱，本质有微妙的共通之处。人只有在这两种状态之下才能真正无所顾忌。

城市里的单身公寓楼，通常是高层。想搬到徐家汇去住。出租的是十八层的一套房间。五十多平方米包括了厨房卫生间卧室客厅工作间。虽然狭小但干净周全。房东特意介绍，同楼层另外两户邻居都是搞艺术创作的。一个做平面设计。一个是小说翻译。都是与世隔绝，闭门不出的人。

我光着脚走进去看。卧室的大阳台垂着白色棉布窗帘。阳光倾泻在微微发红的木地板上。从阳台往下去，下面有人流穿行在建筑的狭窄缝隙里。能听到风的呼啸。我对森说，这里如何。适合你写作。

看看你比众人站得高多了。森在一边微笑。

我付了定金。和森一起走到仅隔一条马路的上海体育馆。黄昏的空地上有附近学校的男生在那里打篮球。自行车后面放着书包，穿球鞋运动衣，跑得满头大汗。天空是明净的颜色。有大片金红色的云朵。坐在旁边的梧桐树下看他们打球。我拿出烟来抽。

森说，刚才送你下楼的男人，是你常提起来的那位同事吗。是。也许他认为可以让我爱上他。每个人都想控制住身边的人。你心里有一个黑暗的洞穴。男人不知道如何去填补它。包括你吗。我眯起眼睛看他。他不作声。然后他说，我可能下周要回去英国一段时间。

很久吗。

不知道。

我把烟头扔到树根下面用手摁熄。我说，等你回来，我可以把南生的故事写完。

和平应该没有死。

他在医院住了几个星期。痊愈之后离开了 N 城。

南生呢。

和平不愿意起诉她。所以在看守所里关了一段时间以后，就被释放。

为什么故事里有个女孩子的名字和你一样。

我说，不要怀疑我写这个故事的动机。森。我没有目的。我只是用了很多种方式尝试拯救我自己。想让自己看起来和旁人一样幸福。但是。我仰起头看暮色中清凉的天空，我说，但是后来我发现，我们始终只能生活在寂静的绝望之中。只是大部分人并不自知。

森动容地看着我。没有再说话。

终于收到小至的来信。那时我已经开始收拾行李准备搬家。把家具拆开用牛皮纸包扎。所有的衣服都用一条大床单裹起来。包括红色棉布沙发和橡木铸铁单人床。我只睡单人床，用单人被子。除了卓扬，没有人到我住的地方。想起那个男人的时候，心里已经没有痕迹。有些人是可以被时间轻易抹去的。犹如尘土。

确切地说，小至寄来的只是一张明信片。图片上是白雪覆盖的喜马拉雅山。小至用圆珠笔在背面潦草地写着，乔，我现在在加德满都旧广场旁边的一家小旅馆里面。和一个荷兰男人在一起。他的眼睫毛有金子一样的颜色，和他亲吻的时候好像能看到天堂。这是一个喧闹艳丽的城市。黄昏的时候，站在阳台上，能看到喜马拉雅山上的夕阳。

她没有写她的归期和计划。没有写她是否快乐。没有写她的过往。没有写她是否已经放下了她的负担。我按照她的地址写了信过去。我说，小至，我搬家了。想念你。似乎有很多话要说，但写在信纸上的，居然只有这样短短三行字。再也写不下去。

森回去英国的时间里，我开始在新搬的房子里埋头写作。生活一直以这种单调而纯粹的状态维持着。要活着。即使是百无聊赖，即使心怀恐惧和疑虑。即使等的人也许不会出现。得到的诺言不会持久。困倦的时候，一个人趴在十八层的阳台上往楼下看。大街上人车如蚁，高楼成了积木。即使高声地尖叫一声，声音也很快被呼啸的风带走。有很久很久没有看到的，空阔并且深蓝的天空。冬季的蓝天。它一下子就打进了眼睛里，让人刺痛。

又开始看一些旧书。翻来覆去地看。杜拉斯的《中国北方的情人》。十五岁的女孩在炎热的夏天，记得空气里的茉莉清香。她疼痛出血，一边冷酷地看着她的情人。她始终未曾透露是否真心爱过他。一切已经不再重要。在窗台上种了十多盆仙人球。它们是懂得幸福的植物，从不奢望。

有时候也出去约会。常有陌生人打我的手机。报出奇怪的名字，说想约我喝咖啡。我在最无聊的时候出去。见了一个一贫如洗的落魄诗人。一个滔滔不绝表达欲极其强烈的失业男人。还有一个满嘴脏话的中学女生。每次都是我掏钱买的咖啡。在付账的时候那些男人就一声不吭，避开眼光。

我微笑着和他们道别。其中一个人第二次约见不成的时候，突然以恶毒的语言攻击我。我把手机盖子啪地合上，怀疑自己刚刚打开的是一个装着魔鬼的瓶子。我不再想做尝试。对身边的大部分人，我都缺乏信心。

只能再独自出去，在酒吧里喝一杯。森的酒吧关了起来。有几次还是迷糊地走到了那里。看着紧闭的褐色木门，想起里面缭绕的轻轻的歌剧。一个男人擦拭着杯子，细腻而冷漠的手势。一个和我一起看电影的男人。

独自的深夜，我放爱尔兰音乐。把一首最喜欢的曲子连续放到凌晨。用很响的声音。

我相信这就是孤独。而所幸的是，对此一切我已经习以为常。

不记得是哪一天。在阳台上看到邻居。比较习惯每天下午两点左右，起床以后，在阳台上抽烟。然后给仙人掌稍微地喷点水。那天，在隔壁的阳台上，看到一个穿着仔裤和黑色毛衣的男人。身形高大。剃平头。脸上的皮肤很粗糙，但有英俊的下巴和嘴唇。神情冷漠。他也是在阳台上抽烟。我注意到他光着脚。他的脚趾清洁健康，显示着性感。另外，他戴着一副庞大的古驰墨镜。

我对他微笑点头示意下午好。他直直地看着我，神情像个突兀的外星人。

然后他先开口说话。你每天晚上都放的音乐是什么。

是一首爱尔兰曲子 *Farewell To Govan*。

你最多的一晚上放了一百一十七遍。你很喜欢吗。就像你只种仙人球。

只是因为懒吧。我在一段时间里只喜欢和一个人相处。做一件事情。养一种植物。听一首曲子。

他搔搔头，表示困惑。我带了一盆仙人球，一张乔妮·梅登的风笛 CD 去邻居家里做客。他的房间和我一模一样。只是墙壁被刷得雪白。空荡荡的。地上散乱着床垫，坐垫，衣服，罐头，电视，啤酒瓶，烟头和泡面的包装纸。一套从宜家买来的松木工作台，上面放着电脑和书籍。他说我可以叫他 Ben。做平面设计，属于 SOHO 自由工作。

我问他为何一直戴墨镜。他说，因为电脑看得时间长，眼睛发炎。这个答案让我愿意坐下来，和他聊天超过十分钟。我讨厌做作的男人。但 Ben 极为坦然。我在他房间里的时候，他在一边做事情。不搭理我。不和我说话。我们各行其是。他把我当成自然的一部分。就像他房间里的一张沙发。

他的生活习惯和我颠倒。白天工作。晚上出去泡吧，健身，做所有不眠的人能做的事情。我去的下午，他就在全神贯注地工作。我替他收拾了房间。把揉成一团的被子抱到阳台上晒。从厨房冰箱里搜出几颗土豆，一块冻牛肉。放了生姜和柠檬，用砂锅炖牛肉土豆汤。然后在 DVD 机器里塞了恐怖片，裹着毯子戴上耳机看。看到睡过去。醒过来的时候，已经夜色弥漫。Ben 独自坐在地毯上喝汤。电视机里一片蓝光。

我相信这类隐居般生活的男人，在城市里并不多见。所以这些怪男人有的长得极其英俊。比如 Ben 笑起来的样子，甜美如幼童。虽然大部分时间里神情严肃。酷得邪气。工作的时候全神贯注，一言不发。然后隔两个小时就戴上墨镜去阳台晒太阳。

我把电脑搬过去，在他那里写作。晚上他休息，也不出去。趴在桌子上打电脑游戏。喝我炖的汤。两个人对彼此一无所知。年龄，具体职业和身份。从哪里来，到哪里去。就像旅途上邂逅的陌生人。走一段，随时可以告别。是丧失了过去和未来的人。

天气开始越来越寒冷。我们几乎不出门上街。有时候他深夜带我去健身。两个人对着大面玻璃窗跑步。窗外是霓虹灿烂的摩天大楼。我们戴着耳机听电子音乐。从健身中心出来以后，去拐角小巷的豆浆店吃生煎馒头和咖喱牛肉粉丝汤。

不记得是哪天。顺其自然地开始做爱。犹如一起在健身中心跑步，一起在街头小店吃夜宵。诸如此类。不去计较里面的得失和是非。这对我们而言是生硬的现实。他的身体就如他光着的脚趾，有干净健康的性感。欲望像阳光一样坦白。

天花板上有游动的月光和云朵的阴影。拥抱在一起的时候，能清醒地感受到温暖的皮肤彼此融合。冬天的温度已经降低了很多。

在睡觉的时候，把冰冷的手和脚全部搁在身边男人的身体上。他的体温像地下的岩浆，慢慢涌动。那一刻，坠入温暖的黑暗深处。可以什么都不想。

森过了两周仍未回来。

我开始说服自己，他也许再不会回来。我相信很多人都是会这样突然地消失不见。比如小至，比如卓扬，比如彼得。现在在这个城市的任何一条大街小巷上，我都未曾得到机会和他们不期而遇。他们仿佛在空气里蒸发，没有留下任何气味让我记忆。

在深夜，我看旧的盗版碟片。我看《燃情岁月》。特里斯坦流浪归来的时候，苏珊娜已经嫁给了他的哥哥。他去看她，她在豪宅的花园里剪花，生活已经全然不同。他让自己相信这样她是幸福的，看着她默默无言。苏珊娜含着泪说，永远太远了。她等过。只是一直等不到。而心已经碎裂成灰，难以辨认。我给自己倒一杯威士忌，加了冰块。然后在黑暗中慢慢喝下去。多好。生活里还有这些传奇带来激情及对激情的回想。

十二月。Ben 对我说，我们结婚吧，乔。
我说，好。

那天是八号星期三。我记得那个日子。民政局一、三、五办理结婚登记。如果是星期二或者星期四的话，我们的计划都可能落空，因为那种一时的念头太偶然。纯属偶然。

但是，一切刚好凑巧。时间对了。人在了。而且彼此都是在觉得无聊的时候。

我们步行到民政局去做登记。街上刮大风，很多人瑟缩着脖子匆促地走过。Ben 走路的样子，旁若无人。根本就不多看我一眼。仿佛我只是他有过一夜情的搭档。我们走路的时候不拉手。

一开始找不到。找人问。终于看到有男男女女满脸郁闷地从街口走出来。他们的出处就是区民政局那座光线阴暗的旧红砖房子。在里面排队的人没有笑容。气氛极为低调。我和 Ben 交了钱拍照。照片上两个人神情木然，头发被风吹得混乱。像刚越狱出来不知所措的异乡人。Ben 的胡子还未剃。照片被贴到两个红本本上面。那就是我们的结婚证。

队伍排了长龙。每天都会有很多人登记结婚。我看着 Ben 站在队伍中等着盖章。他现在是我的男人了。这个穿着黑色大衣，戴着墨镜，高大英俊的陌生人。我刚刚知道他的年龄是二十六岁。我相信他曾经有过恋爱。所有沉没在海底的历史必然都是一座曾经华丽启航的大船。只是大家都已经渐渐厌倦了感情游戏。想让自己感觉能够拥有一些牢固的东西。

就这样两个双手空空的人，在一个共同居留的城市里结了婚。

走到大街上，一切如常。阳光稍微冷淡了一些，已经是黄昏。

Ben 说，我们去买瓶红酒庆祝。于是去了附近路边的超市。经过菜场又买了西芹、牛肉和鸡。在厨房做菜的时候，Ben 在客厅看电视里的足球比赛。我切着西芹，闻到一手湿漉漉的辛辣芳香。突然想到，自己已经结婚了。那个红本本是有法律保障的。多么不可思议。一直过自由不羁的日子，居然做了一件可能会牵涉到法律的事情。没有戒指，没有玫瑰，没有婚纱和宴席。我却嫁了一个男人。

我慌张地放下刀跑出去。Ben 跟着跑出来。他说，乔，不要跑。我知道你会清醒过来。但我懒得去办离婚手续。干脆把结婚证书藏起来，等到你找到真正想嫁的人我们再去办。不过我估计你也找不到什么人。

我说，为何。

他说，你在找的，只是幻觉。自以为是的幸福。很可惜，我们是太相像的人。他又说，就这么一回事情。爱谁谁吧。

生活和以前没有任何改变。除了 Ben 退掉他的公寓，住到我这里。因为我不喜欢搬家。家具又多。他依然白天做设计，晚上出去酒吧泡妞。我写作，睡觉，看书。一个人在房间里抽烟，看碟片。我们的经济和精神都很独立。结婚只是我们两个才知道的事情。

一段凭空多出来的情节。仔细想来仍然诡异。桀骜如 Ben 和我，会钻入一个圈套。我们只不过是带着证书的同居者。

但是应该没有一对夫妻彼此之间会相处得如此安宁。我们从不互相关心，打探，猜测。也没有抱怨和解释。有时候想想，很多男女是在以爱为借口做着自私的事情，又唯恐对方知道或比自己更高明。所以有那么多的爱恨情仇。我和 Ben 恨不起来。因知道彼此的时间只有一段。

寒冬到来的时候，Ben 说他要离开上海。一家大客户要求他去广州工作一段时期。我第一次知道他是大连人。这是我们结婚后的第三十五天零十九个小时四十二分。他来上海其实只是两年的时间。

他说，你和我一起走吗，乔？

我摇头。我想不出和他一起去的理由。我的书和 CD，宜家沙发和松木桌子都在上海。我得和它们在一起。我说，我不去广州。

他开始收拾行李。把衣服塞入皮箱，把电脑打包。把属于他的那本红色证书放进箱子。我们没有任何共同财产。真是干净。我说，项目做完，你还回来吗？

现在还没有想好。也许接着要去香港。香港你去吗？

我哪儿都不去。我说，Ben，记得你只是我在上海的男人。

我送他去机场。那天天气寒冷。我们还没有度过一个共同的除夕。两个人一前一后地走过夜晚的候机大厅。那里空旷寂静。有人在看电视。有人把衣服蒙在头上睡觉。一个披着流苏披肩的女子，穿着高跟鞋在过道上踟蹰。Ben 穿着黑色大衣，戴黑色墨镜，利落的平头。一直在嚼口香糖。他像个黑客。我忍不住笑。他说，乔，如果你现在流了一滴眼泪，也许我会为你留下来。

我摇头。他说，以后你会不会替我生个孩子。我想要个和你一样古怪精灵的女孩。

我说，我不生孩子。除非哪天碰到一个非常有钱的男人，可以供养我们母子。

他看着我说，你想好我和你都不会非常有钱吗？

是的。因为我们都太无谓。没有明确目标。

也许某天我们会白头偕老。某个你我都感觉疲倦的时候。大连是个能看到大海的城市，也许你会喜欢。等到我们老了，可以一起携手去海边散步看夕阳。

那时候也许就找不到彼此。还找得到你吗。

给你留一个我的长久联系电话和地址。

不要。我干脆地说。

那好吧。只要我没有死，你总是有可能找到我。你希望我找你吗。希望。为什么。因为你来找我，只会有两个结局。离婚或者在一起。这两个结局我都可以接受。他看着我，他说，乔，也许你我都明白，我们是轻视爱情的人。没把它当回事情。但是，或许，某天，我们会真正地相爱。

会吗。也许要等我们再兜几个圈子。他微笑。时间太多。还绰绰有余。

夜晚九点整。这个戴着古驰墨镜的北方男人，带着他的行李、结婚证书和我送给他的仙人球，离开了上海。

回到一个人的单身公寓。生活继续。

在任何人的眼里，我依然是一个情形糟糕的单身女子。没有人知道我有过一场无疾而终的匆促婚姻。没有人知道我的男人去了南方。我们注定要彼此遗忘。

春天到了。我的小说接近尾声。抽烟开始频繁。每天晚上必须喝点酒才能睡觉。床底下有了储备的酒瓶。只有在写作的时候我是清醒的，思维还在清晰灵活地流动。可是我的状态越来越不好。有时候非常想和别人说话。想把电话打给任何一个认识的人。翻着电话号码本，发现上面密密麻麻的号码里，居然找不到一个电话可以打。可以说话的人，都未曾留下号码给我。怎么打给小至，怎么打给 Ben 和森。他们的离去是一种消失。

对陌生的人可以说什么。对不起，你还记得我吗。我是乔。你过得好吗。能聊聊天吗……就像那些深夜把电话打到电台的人，不明所以，絮絮叨叨。而更重要的是，我根本就不知道想说什么。可是我却想和人说话。

我开始想念小至。是一种钝重的真实的想念。我们在床上喝威士忌加冰看旧片的深夜。她穿着内衣在厨房里用色拉油煎美国香肠的样子。自己把手臂搭在她的肩上穿越喧嚣人群的肆无忌惮。我们曾经因为痛苦和不想痛苦而互相陪伴。只有在她的身边我才是自由的。

那个失眠的深夜，躺在黑暗中辗转反侧，渐渐觉得自己喘不过气来。翻身下床，从厨房的刀架上找出一把削水果的小刀。用刀刃对准手腕上最薄弱的皮肤划。一刀，两刀，三刀……开始有血从错落的用力不均的创口里渗透出来。用指尖把芳香黏稠的血液抹开，闻着它在皮肤上干涸的气味。疼痛带来的快慰传递到肉体的每一根神经。觉得心里透出了一些东西。然后找出一块干净的布条，把手腕紧紧地包裹起来。

走到阳台上点了一根烟。那是五月的夜晚。深蓝的天空很透彻，有大颗大颗清冷的星光。城市在沉睡之中。黑夜充满秘密。就像以前的无数次，我对自己的生命产生怀疑。死亡一直在我身边舞蹈。我是聆听着它的歌谣长大的孩子，灵魂始终在恐惧所覆盖的寂静之中。我想，我应该有一段旅行了。我会死在这个城市里。死在我自己的绝望之中。

认识树是在那个晚上。

在网上搜索旅行论坛。看到一个凌晨两点钟刚发上去的帖子。

它的内容是：我准备五月底去新疆（确切说是北疆）游玩，可否有人愿意一起同游。我在北京，一个人，男性，二十六岁。路线：北京—乌鲁木齐—和静—伊宁—赛里木湖—乌尔禾—喀纳斯—富蕴—乌鲁木齐。大约需十～十五天。初拟五月二十五日左右动身。打算在新疆租车。

底下有他的邮箱地址和联系电话。网上有很多邀约旅行同伴的帖子，只有这个人的日期和时间迎合我的想法。用手机打电话过去。刚好是两点一刻。电话接通了。是年轻男人的声音。我说，你好。我是乔。我在上海。我想和你一起去新疆。

他说，我发了那帖子才一会儿。他笑起来。一口流利顺畅的北京腔普通话，笑声很清澈。不记得说了些什么，大抵是互相说了一下工作。他大学毕业以后，做过杂志编辑，现在一家知名的大网站做频道编辑。他要用掉他的年假。我说我在家里，给杂志做撰稿。刚写完一个很长的小说。想调整一下状态。

我相信我们说的都是实话。因为我说的是实话。约定五月二十五在乌鲁木齐会合。当然中间还是希望能找到两到三位的同伴，这样租车的费用会因为分摊更便宜一些。但是最终我们还是失望了。只有两人同行。

我不担心任何陌生人同行危险性的问题。比如劫财劫色。没有任何恐惧能超越死亡。但是我不畏惧死亡。我只有过一次想让他扫描照片给我的念头。因为对男人的外表还是比较在意。即使他只是一个旅伴。哪怕只让我看到他穿衣服的风格，我也能判断出他大抵的身份气质。我只担心他是否是个无趣和没有品味的人。但是因为他没有对我提出相同的要求，所以忍耐了下来。我安慰自己，冒险和意外还是能够让人有所期待。开始收拾行装。

出发的那天，天气晴朗。我背着登山包去机场，下午的飞机。从上海到乌鲁木齐。航程要持续四个小时。那应该是很遥远的地方。我在电话里问过树一个傻问题，我问他乌鲁木齐是在新疆吗。他笑。

那时候我们已经为旅途打过好几次电话了。电话里他说话的腔调大大咧咧的，是北方男孩特有的那种洒脱。虽然我不想猜测他，但感觉中他应该是一个皮肤黝黑，举动灵活的男孩。因为他对我说，他去过中国大部分的地方。还去过法国和澳洲。他的薪水都花在了旅行上面。那是他最大的爱好。

在机场我很安然地关掉了自己的手机。很好。离开这个城市我不需要对任何人道别。没有人知道我的离去就如同没有人会等待我的归期。这就是我的生活。

我给自己买了一瓶午后红茶，坐在候机厅空荡荡的位置上看电视屏幕。周星驰让我像个傻瓜一样地发出愚蠢的笑声。也许他是唯一能带给我快乐的人。那天我穿着白色棉布绣花上衣、旧仔裤，光脚穿一双从襄阳路市场买来的麻编凉鞋。神情憔悴。旁若无人。

漫长的飞行时间还是让我渐渐有些头痛。感觉疲乏。坐在我身边的是一个爱唠叨的成都男人。他在新疆卖药。他一直不停和我说话。他说他的肥胖是因为不断地陪着客户喝酒造成的。他说他最大的目标是要从一个业务员做到有自己的销售公司。他把他的名片给了我。但我知道只要我们一下飞机，估计一辈子见到也就这么一次了。走出机舱的时候，西北部激烈而粗暴的阳光陡然地灼伤了我。我听到自己的皮肤发出碎裂的声音。

找到和树约定的酒店。我比他先到，先订了房间。拉开窗帘，外面是陌生的城市。有高大的白杨树的街道很宽敞，带着风沙的荒凉。因为时差，黄昏六点了，天空还是如午后般的明亮。有人敲门的时候，我披着刚洗完的潮湿的头发，光着脚过去开门。门外是一个看过去很普通的年轻男人。北方人白净的皮肤，短发，穿米色的粗布裤和棉T恤。他像一个北大学生。这是我对他的第一眼印象。很明显，他是那种干净的，健康的，身上没有任何潮湿气味的男人，看过去很节制。

我们去吃晚饭。找了一个小饭馆，各自要了面条。他加辣酱。他说他喜欢吃辣的食物。我们有时候说话，有时候沉默。他看过去很镇定自若，像受过良好教育在大城市里见过世面的男人，有见多不怪的淡定。过马路的时候轻轻扶住我的手臂。话不多，但很温和。

那天晚上我们睡的是同一个标准房间。两张单人床。他洗完澡很快就睡着。我躺在床上又抽了一根烟。侧过脸去看他。他睡觉的姿势很安静。睫毛长长地覆盖在眼眶下面。侧脸清秀而坚定。我把烟头放在烟灰缸里，起床去卫生间刷牙。这个陌生男人让空气变得温暖起来。那天晚上我睡得很沉。没有梦。

第二天我们见到了司机小隆。二十九岁，吐鲁番出生的男人。小隆的手伸过来，温暖有力。他穿军绿色的肥大的布裤子，光脚穿一双凉鞋。褐色的长睫毛，眼睛很漂亮。像个维族男人。那是我见过的稀少的健康明净的笑容。是在我所居住的城市里见不到的笑容。上海男人都有一脸暧昧的表情。也见到了我们的陆地巡洋舰。一辆蓝色丰田车。我们的车子飞快地开上了高速公路，由南向北，奔赴最北端的喀纳斯。当然一路会经过很多地方，并在路边旅馆里留宿。

窗外是新疆白晃晃的灼烈阳光。是这样明亮的干爽的阳光，似乎能在眼睛里一点一点地碎裂。我看着它。感觉到黑暗般盲目的沉醉。沿途是无止尽的草原、沙漠、山丘，和看不到尽头的寂寞公路。没有人，没有车。偶尔才能看到出了车祸的大卡车翻倒在路边。路上太寂静了，太阳又晒。所以司机常会开着车不知不觉地睡着。然后就把车翻在了路边。到处可见倒毙在路边的牛羊尸体，龙卷风，海市蜃楼，以及大片大片的红柳和梭梭。偶尔能看到一面碧蓝的湖水，远远的。像画布上渗出来的一滴深蓝的颜料。大片大片的阿勒泰山羊，肥美憨厚的神态，在马路上慢慢走动。要按着喇叭耐心地驱逐开它们。牧羊的男人有黝黑的皮肤，大热天穿厚棉衣，拿着鞭子骑在马背上。牧羊犬甩动尾巴吠叫着奔跑。

我的眼睛疼痛得流不出眼泪。有时候我相信它们是会盲掉的。为了记得这一切。

第一个夜晚，住在卡拉麦里自然保护区。公路旁边的小镇旅馆里。很简陋的房间，放着四张硬床。黄昏的时候，我们先去洗温泉。泡在天然的盐水温泉里，看广阔的草原上的天空，一点一点地变成暮色的清凉。一轮血红的夕阳以绝望的姿势绚丽着。云朵似乎烂醉。本地的维族妇女穿着内衣坐在石阶上，用光裸的小腿撩动着热水。纱巾垂在肩上，神情羞涩。孩子高兴地尖叫。天空有鸟振动着翅膀飞远。

在路边吃晚饭。大盘的拌面，里面是韧性十足的面条，辣椒，洋葱，羊肉，大蒜，西红柿……油腻而辛辣。这样的食物，后来一直持续在艰苦的旅途里。夜晚十一点多的时候吃晚饭，因为那时候天才开始黑。把买来的啤酒冰在冰箱里。吃完面条，才拿出来喝酒。两个男人都不抽烟。我带去的三盒烟一直塞在行李包里，没有拿出来。深夜的马路上有狗吠，店主们围在破旧的木桌边喝茶，用飞快的维语聊天。过路的大卡车停在旁边。司机在吃西瓜。我们说话。

吃完晚饭，我去天井抽烟。夜色漆黑，树拿着手电来找我。我们在露天的大院子里看到了深蓝夜空的繁星。低垂得似乎伸出手就可以触摸到。它们如此明亮。像大滴大滴的眼泪。树指给我北斗七星的位置。他说，以前看过吗。我说，看过。童年的时候。星空就像敞开的天堂。是在遥远的北方。新疆的卡拉麦里。在一个散发着牛粪气味满地沙土的小旅馆院子里。一个陌生的北方男人的身边。

一路马不停蹄的奔赴。到了布尔津，办理进入喀纳斯的边防证。

布尔津是干净的小县城。我们计划在那里住一晚上。在小隆的叮嘱下去买球鞋和风油精。在一家回民饭馆吃晚饭，有当地人自己做的酸奶。浓稠的一大碗，酸而清凉。旅馆旁边的大马路，两边有高大的白杨树。树下已经铺开了桌椅和炭火架，当地人把新鲜的羊腿放在桌子上，用刀把肉切成一小块一小块。肥肉和瘦肉相间，串在铁丝上，架在炭火上烤。鲜肉在热烟下开始发出嗞嗞的冒油声。还有从附近河里抓来的鱼，剖干净后也串起来烤。

夜风清凉，碧绿的树叶发出沙沙的摩擦声。风中有淡淡的木柴烟味。我们喝啤酒，吃烤肉，不说太多的话，凌晨的时候才回旅店睡觉。很快地洗澡上床。我觉得自己略有醉意和困意，可是却睡不着。我说，树，我睡不着。他说，那我给你讲个故事。

我们已经熟悉。坐在车上的时候，因为炎热和旅途的艰难，彼此开玩笑。他纵容我，总是微笑地放任我和他的抬杠。我说，讲讲你生命中曾经爱过的人。他讲了。黑暗中他的声音磁性婉转，是我在电话里曾经熟悉的北方口音。在他的叙述从最初的深情持续到四年后的背叛的时候，我制止他。我说，不要去动伤口。树，对不起。黑暗中他依然镇定的声音。他说，现在那只是一道疤。

到达喀纳斯是炎热的正午。路途明显开始崎岖粗糙起来。一路黄土飞扬，肺部明显开始变得浊重。颠簸的行驶使车子不时腾空而起。曲折的尚未修整好的盘山公路堆满沙石，沿着高山蜿蜒延伸。几乎不能睡觉，不能说话，只能全力和艰难的道路对抗。

有一段时间，心里的懊恼几乎让人绝望。那么长的路，没有尽头。所幸一路的沿途风光开始如画卷徐徐铺开。似乎上天给予的补偿。没有融化的山顶积雪映在深蓝的天空下，只有鹰张开翅膀寂静地俯冲而下。山腰上尖顶松树密密地排列，好像深绿色的梦魇，有让人沉堕的浓郁风情。谷底是大片绿色的草原，开满星星点点的烂漫野花。

转场的牧民赶着自己的羊群、牛群，骑在马上开始全家的迁徙。帐篷，被子，一家一当全部放在骆驼背上。孩子也放在马背上。都有一张被太阳灼伤的黑红的面容。目光坚定。他们拥有的东西仅仅就是这些。但他们扎实地拥有着。带在身边。虽然贫穷，但有尊严。

一路都有工人在修路。不顺畅的路途因此维持了喀纳斯的神秘和清净，没有让它沦落成为一个受尽践踏的风景区。目前，还只有一些广东、北京地区的人会千里迢迢地去看望它。

在山顶，我们邂逅一个推着自行车的年轻男子。他骑自行车旅行，走了近千里。问他需不需要帮助，我们可以让他搭车走。他说不用。他喜欢这样看看风景。一张深褐色的年轻笑脸。在烈日和风尘中如鸟一样张开翅膀飞过。

这样一座座山峰穿越过去，就到了最北边神秘的喀纳斯。最先看到的是月亮湾。深蓝夹杂着碧绿的湖水，涌动着天空和树林的倒影。深不可测的寂静。明亮的阳光。满山野花。空气里植物辛辣的芳香。在下车的一瞬间，我的心静止。

住在喀纳斯度假村里。旁边就是土瓦族人低矮的木头房屋。因为在高山顶上，饮食标价很高。卫生间没有热水，洗澡只能用手提热水。旅馆的院子里纵横着一条从山顶流下来的溪水，清冽甘甜，沿着用石块砌出来的渠往山下而去。晚上水的温度寒冷彻骨。正午的时候却可以用来洗衣服，然后把绞干的衣服晾在草地上。草地上盛开着雏菊和蒲公英。

晚上，我们去看夜晚的喀纳斯湖。一条沙石路穿过村庄，沿着山谷伸展向远方。因为时差的原因，晚上十点多的时候，高山上的暮色才逐渐降临。空气已经寒冷下来。周围巍峨的群山无声凝望。偶尔有肤色黝黑的当地小孩骑着高头大马飞快地掠过，扬起一路尘烟。一条从林中穿越的幽深小径把我们带到了水边。木块搭起来的通道泛出白色的微光。没有任何游客，只有两三个开快艇的当地年轻男孩靠在栏杆上聊天。喀纳斯湖是高山顶上的湖泊。是地球清澈的眼泪。感觉自己在微微地颤抖。不知道是因为寒冷还是在永恒面前的无能为力。

在喀纳斯住了两天两夜。晚上在房间里躺下来的时候，看到窗外黑色山顶上的月亮。淡淡地闪烁光泽。旁边的村落早已经没有声音。木头房子里只有幽暗的火光。山上通电，但大部分族人不用电灯。小隆说，那些男人每天晚上都喝得醉醺醺的。又比较封闭，不喜欢和外界沟通，通婚也只在这么一族人里面，所以几乎没有前途可言。我想起的是在从喀纳斯湖回旅馆的路上，碰到放工的修路男人，他们回家，一路都在唱歌和开玩笑。快乐而粗鲁的笑声。是一天辛苦劳作之后的放纵。他们不是上海地铁里下班的白领男人，拎着公文包，一脸不甘愿的疲惫和沉闷。他们的生活就是日作夜息的简单。

但是那又有什么不好呢。世界上的人，有着各种各样的生活方式和命运的轨迹。他们做不得选择。山顶上有小学。天然的草地做足球场。有矮矮的木头房子和大黑板。是我想象中的小学。可以在那里教书和沉静地生活。可惜，他们学的是维语。

爬山是喜欢的事情。我们去湖边的观鱼亭。一路明亮阳光，野花招摇，爬到醋处几乎痛不欲生。没有忘记拿一个大袋子，把沿途的矿泉水瓶子都捡起来。两个男人虽然来自不同的地方，但都有很好的教养。包括一路上搭了很多人，给他们帮助。来自富海的年轻人，草原上两个放学回家的蒙古女孩，抱着小女婴的蒙古妇女，哈萨克族老人，吐鲁番老人，维族年轻女子。都不收钱。只需要他们淳朴沉默的笑脸。比什么都好。人与人之间的关系，有时候就是可以这样的简单和温暖。不容置疑，他们都是出色的旅伴。

离开喀纳斯，我们沿着哈巴河下山。一路经过克拉玛依，伊宁，库车。天气越发炎热。大家强作镇定。只盼望沿途能喝到的冰镇的手工制作酸奶，透彻心扉。

车子空调坏了。音响变调。门缝漏风。一路风尘仆仆。在去往天鹅湖的路途上，我第一次感觉到路的颠簸带来的心情恶劣。那一天我非常累。草原的夜晚寒气彻骨。我们的车一直到深夜十一点才开到山顶的天鹅湖接待站。那里有木头房子和食堂。没有水管洗澡，只能把热水倒进水盆里擦拭身体。

小隆没有和我们同住木头房子。他坚持要去野外搭帐篷。于是剩下我和树。我很快就躺上狭窄的小床。褥子和被子倒是厚实柔软。透过墙壁上的小圆窗，能够看到草原深蓝的夜空和如水的月光。第一次住在草原的野地上，心里还是有异样。我听到树的床嘎吱地响了一下。我说，树，你睡着了吗。他说，没有。

木头房间很窄小，特别黑暗。空气里逐渐透露出暧昧。我们朝夕相处了很久。有时候车子颠簸剧烈的时候，手会有短暂的互相扶持。但很快就放开。他是一个矜持的干净的男人。很明显。他对感情有自己的标准。但是这样的夜晚是不同的。我们在寂静而广阔的草原上。我们离城市和现实非常遥远。我知道。我知道这样的夜晚，我们的野性获得了自由。树在他的床上。他的声音依然镇定和沉着。他说，乔，我要抱抱你。

黑暗中树温暖的陌生身体包裹住我。我在他的脖子上闻到陌生的气味。洁净的男性的气味。他的抚摩出乎意料地缠绵和坚定。一星期之前，他是一个距离我一千公里之外的北方城市里的男人。我们对彼此的历史一无所知。他在那里出生，长大，毕业，工作……他固执地热爱和忠于着北京。如果没有旅途，我们穷其一生都不会邂逅。

但是，这个夜晚，我们拥抱在一起。也许是因为草原万籁俱寂的夜色，月光的清澈和空气的寒冷。借口可以太多。唯一不可阻止的是肌肤相亲的瞬间。他不停低声地问我，你喜欢吗。我说，是，是，我喜欢。我们的姿势因为压抑之后的爆发，更加狂野。当树的亲吻越来越灼热的时候，我抬起头对他说，树。我们不要做爱。

他看着我。他说，好。我起身，在阴暗中走到水盆前。我的身上都是黏湿的汗水。我用冷水清洗身体。他说，你要感冒的。我说，不会。我感觉到他靠在床上看着我赤裸的身体。我们都没有说话。我爬到另外一张空床上。冷静下来。在黑暗中摸索着，点了一根烟。

他说，不要去判断你是否爱我。乔。我知道你没有。

我不判断。我不是容易爱上男人的女子。

我知道你的心里有很深的一处阴影。乔。你能告诉我吗。

我只是有饥渴症。感情的饥渴症。皮肤的饥渴症。因为没有人可以给我。或者是没有人可以给我那么多。

他沉默。然后他说，我要再抱抱你。乔。

不要。我累了。

过来。他命令的镇定的口吻。

我过去。他再次拥抱我。他的下巴抵在我的头发上，我听到他的心跳。真好。我的身体寒冷地颤抖，在他温暖的手心下得到安抚。那些甜美的柔软的抚摩。身体是绽放的花朵。灵魂是被安慰的孩子。我的眼泪掉下来。渗入他的嘴唇。

他说，我可以娶你。乔。你记得我这句话，我想娶你。

我们已经在回到乌鲁木齐的路途上了。大片荒漠，城市是荒漠中的绿洲。晚上去大排档市场吃晚饭，听到的语言大部分是维语。维族女子穿长筒袜、大花裙子，包着头巾，有华丽矜持的神情。很热。热浪翻腾。大家依然大碗大碗地吃油腻辛辣的食物。吃到最美味的羊肉串。很大块的肉串在铁丝上，黑羊肉鲜美而无腥味。小隆对我说，这里已经属于南疆。旅途即将要结束。

我好几天没有和树说话。我憎恨自己的麻木。我想我会接受他的身体，是因为理性在判断，这是一个干净有教养的可以带来安全和稳定的男子。并且他喜欢我。而真实的喜欢是多么奢侈的事情，当它又有承担的诺言。都市里太多暧昧虚伪的感情，若离若即，自以为高明。但脆弱得经不起一丝怀疑。

我要的，是像天鹅绒被褥一样厚实温暖的感情。严严实实地包裹我。淹没我。但是这个我在路上邂逅的男人，他能给我带来什么。他甚至不能像森那样，停留下来看一场我的电影。因为我们的时间无多。只是一个夜晚。我们给彼此的只能这么多。

树对我的冷漠和喜怒无常保持一贯的淡定。看着我订了回上海的机票，看着我们在乌鲁木齐的酒店里，最后一个夜晚，我背对着他很快就入睡。没有任何话对他说。我的机票是早上八点钟。我拒绝他去机场送我。他中午坐火车回北京。

行李已经收拾好。凌晨三点多的时候我醒过来，看到床边的台灯亮着。树没有睡着。我说，为什么不睡。他说，我的胃痛。不过没关系。老毛病了。我说，对不起。他说，我了解你。你不想让我靠你太近。

我下床，到他的床上，抱住他。他用力把我拥进他的怀里，亲吻我的嘴唇。

我很难过。乔。我不知道自己是否可以这样地失去你。

我们不可能在一起。我无法和任何人在一起。

他抓起我的手，用手指抚摩我手腕上被刀刃划破的伤疤。你对自己不好。

我收回手。我说，它也只是疤而已。

我们之间相处的时间在一点点消失。七点钟的时候，我下楼拦车去机场。天色已经发白。寂静的马路空气还很清凉。树送我到酒店门口。已经有出租车等在门口。我把行李放进车里。他看着我。就像那个草原的夜晚，他在黑暗的月光里，看着我的裸体，我用冰冷的水清洗身体。我的眼泪突然又涌出来。但我不能让他看到。

坐进车子里面，在玻璃窗后面对他挥了挥手。车子很快发动。带着我，离开了这个也许一生只会来一次的城市。离开了这个男人。街上只有空荡荡的风。

在飞机上我一直在睡觉。睡了很久。醒过来的时候，看到机舱外面的白云朵朵。飞机进入的时候，不停颠簸，云朵变成苍茫的气流。原来并无一物。那些恢宏的壮观的表象都是空洞的。而我的寂寞却是厚重的。即使是在三千尺的高空。

上海闷热潮湿。一场灼热的高温控制了整个城市。每个人都在期待着台风来临。

我重新开始埋头写作。直到某天凌晨三点多的时候写完电影的最后结局。我不能做其他事情。甚至不能回忆。不能等待。过去和未来都杜绝了我。我只有现在。感觉很饿，准备下楼去二十四小时营业的小超市买东西吃。外面已经下过一场大雨。台风终于来了。风把天空的云朵吹得干干净净。在超市买了香肠、酸奶、一番榨啤酒、小馄饨，还有一条红双喜香烟。我的头痛得发涨。

超市旁边的小理发店还开着门。我提着东西敲门，一个年轻的外地男孩走过来。染了一头金黄的头发，穿着紧身的黑色衬衣。他在看电视，屏幕上放的是美国六十年代的老片子。

我说，还营业吗。

他点头。

好。那就剪个头。

把长头发剪了？

是。

他帮我围上垫布。先开始洗头。沉默而熟练的姿势。他的废话不多，这颇合我意。他的眼睛看着我的头发。我看着电视。满头长发往地上飘落的时候，突然心里疼痛。有很多男人的手指抚摸过它们。它们是被爱过的。而且它们对爱没有恐惧。

一个小时以后，我有了一头十五岁男孩般的短发。头失去了重量感。头痛消失。看到自己变得清秀而瘦削的脸，以及格外漆黑的眼睛。

走上楼道。听到手机响起。是北京的区号。树温和的声音响起。乔？

我说，你好吗。说完这句话的时候，我才觉得我其实是想念他的。我有预感我会很难再遇到这样一个干净理性的男人。他使我感觉安全。虽然他只是北京男人里面非常普通的一员。太普通了。大学毕业，一份刚起步的工作。他的优点都是普通人的特征。

他说，我很好。我想你。乔。是。我知道。你回上海以后在做些什么。写一个电影小说。生活。下次如果你有再想割伤手腕的时候，记得给我打电话。我会给你和现在截然不同的生活。怎么样的呢。我坐在台阶上，侧着头对着手机微笑。结婚生子。踏实工作。朴实生活。有一颗平常心。他镇定地说。那又如何。也许你尝试以后会知道自己真正想要的是什么。为什么一直试图说服我。因为我尊重自己说过的每一句话。在草原的那个夜晚，我答应过你。答应过我要娶我？

是。我要娶你。

我深深吸了一口气。我感觉到自己的心在酸楚着。我想起Ben。那个大连男人。他带着我们的结婚证书一去不复返。他给了我全部的自由。带走了我全部的自由。只因为他对我说，我是不会等到那个人的。

我说，我把头发剪了。树。有些事情很容易重新开始，能够把发生抵消掉。但有些事情不可以。没有机会重新来过。

我们始终都会有机会，乔。

是吗。

是的。

那就让我们再看看。时间会给我们答案。我按掉了电话。那一刻我突然想起了高山顶上的喀纳斯湖。我看到夜色中寒冷寂静的它。那蓝得发绿的湖水。瞬间的永恒。

我走进房间里喝酒。喝了很多。当有一个男人在身边的时候，眼泪是有痛感的，而一个人的时候，眼泪只是液体，没有滋味没有情绪地流下来。我觉得我应该是醉了。眼睛渐渐睁不开。我不清楚喝醉的人为什么不能在那种状态下死去。那会是一种幸福。因为我的不幸福，所以我依然只能是醉倒在床上。

某种结束

南生走出看守所大门的时候，看到乔蹲在街边的水泥台阶上抽烟。农历新年刚刚过完。大街上依然有残余的喜庆气氛。人们过完了假期，已经开始工作。春天淡淡的阳光，透过干枯的树枝倾泻下来。明亮的光线让南生感觉眼睛的刺痛。她抬起手臂挡住自己的眼睛。

乔还是穿着紧身的皮裤、高跟鞋。裹一件镶着珠片的长大衣，瘦削的脸上有浓重的眼线和唇膏。隔夜的疲倦让她看过去很憔悴。她扔掉手里最后一颗烟头，走过来紧紧地抱住了南生。南生的脸靠在乔的肩上。身体微微地颤抖。说不出话来。生。乔抱住她。闻到她肮脏的头发和衣服散发出来的潮湿的臭味。南生，要不要抽烟？乔有些紧张。

南生点头。她的喉咙发不出声音。阳光让她的眼睛剧烈地疼痛着。她看着乔穿过马路，跑到对面街角的小店去买烟。一条黑色的小狗迟疑地走过来趴在她的身边，神情舒坦地晒太阳。湿润的黑眼珠，善意和天真的眼神凝视她。南生蹲下来轻轻抚摩它的鼻子。她的手指蜷曲而生硬。慢慢舒展，开始抚摩一个温暖鲜活的生命。脸上没有任何表情。然后她摊开手心，伸直手指。掌心上的纹路是一些破碎的杂乱的线条。她转动着手指，目光呆滞。在被禁闭的时候，曾无数次地嗅闻自己手指头的味道。那里散发着血腥的腐烂的气味。是让人恶心的气味。她把手放到自己的鼻子面前，用力地呼吸。直到确信那些气味逐渐在空气里褪却和消失。

就这样在幽暗潮湿的房间里，她蹲了一个多月。和平没有死，也没有起诉她。他只是离开了这个城市。

乔把南生带到南京去。火车一路颠簸，在空旷的田野上日夜穿行。南生不吃饭，也不说话。只是躺在硬卧上蒙头睡觉。她一直在睡觉。没有任何声音，紧闭着眼睛。她要把自己沉浸到没有尽头的黑暗的睡眠里面。乔坐在她对面的铺位上，双臂抱在胸前，守着南生。冬天荒凉的树林在窗外飞快地掠过。乔一支接一支地抽烟。

凌晨一点多的时候，南生醒来。南生的喉咙艰涩地转动着。依然发不出声音。终于她说，我要喝水。乔走过去抚摩她的脸。南生的皮肤滚烫，呼吸浊重。

你发烧了，南生。乔把脸贴在她的额头上。她去找药片和热水。

南生吞下两颗白色的药片，就着她手中的杯子喝完水。南生又躺下去，闭上眼睛。

南生，如果心里很痛，就哭出来。

…………

南生持续地昏睡，没有任何语言。她一直在做梦。梦见那条铺满紫色肥厚花朵的路。不知道在何处。她的脚踩上去，听到花朵汁液飞溅的碎裂声音。风很清凉。呼啸而过。天空中一群白色的鸟振动着翅膀飞过。南生犹豫着，听到背后传来唱诗班的声音。那是她童年的时候，在小镇的教堂听到过的歌声。她想转身返回，却感觉双脚无力。而蔓延的汁液却渐渐变了颜色。分明是鲜红的血液……空气里都是血液的腥气和花朵凄厉的清香。

南生呻吟。乔冰凉干燥的手就在她的身边。乔不断地抚摩她。南生。南生。她低声唤她。有温暖的液体一颗一颗地打在南生的脸上。南生嚅动了一下嘴唇，尝到眼泪的咸味。是乔在轻声抽泣。南生努力地想睁开眼睛。她的眼睛刺痛，却流不出任何眼泪。

睁开眼睛，看到车厢里的黑暗。车轮在铁轨上发出刺耳的摩擦声音。窗外是稀疏的星光。有一颗星很遥远很明亮。南生又睡了过去。

回到南京。乔依然住在老地方。回到家第一件事情，就把南生推进卫生间。她的头发和衣服散发着剧烈的臭味。乔说，南生，你先好好洗个澡。把所有的坏东西都洗掉。她把干净的睡衣塞给南生，关上门。

乔守在门口抽烟。里面响起哗哗的水声。南生突然叫她，乔。乔说，怎么了，要我进来吗。她说，不。就不再发出声音。乔拍着门，一边抽烟一边大声地叫，南生，你听得到我说话吗。乐队成员商量过了，搞音乐还是要去北京发展。我们打算一个月以后就离开。跟我走吧，南生。跟我去闯荡江湖。

南生轻声说，你会永远都不结婚，永远都爱我？

是的。我会。乔说，只要你愿意和我在一起。

可是有些事情我无法遗忘。南生隐隐约约地说着话。她的声音轻得似乎在自言自语。那天夜晚和平买牛肉面给我。街上下好大的雪。雪把整条巷子都淹没了。风很寒冷。冷得我骨头都在痛。除夕别人都在看电视。我很饿。他说，吃面吧。他把牛肉面推给我，自己吃一碗阳春面。那碗阳春面上面只漂着一点葱花。他拿起筷子就吃……

南生。停住。乔暴躁地叫起来。不许再提起他。否则我就打你耳光。

南生似乎轻轻地哭。乔靠在门上，一夜无眠的疲倦袭来。她歪着头就想睡觉。突然心里一悸。看到门口流出水，已经浸湿了她的衣服。她悚然地站起来，用力地敲门。你在干什么，南生。开门。

再没有声音回应她。乔满脸恐惧地四处张望。她找不到工具来撬门。她只能抓起一把椅子，拎起来用力地向紧闭着的门砸过去。

南生赤裸地躺在浴缸里，脸仰在浴缸边沿上。湿漉漉的长发像凌乱的海藻。血已经把浴缸里的热水染成了粉红色。她用剃须刀片在手腕深深地划了七道口子。皮肉翻起来，伤痕狰狞。乔把睡衣撕成布条，迅速地把南生支离破碎的手腕包扎起来，紧紧地勒住。然后用毯子裹起她。林南生，我会杀了你。乔浑身颤抖，愤怒地吼叫起来。

南生的喉咙里模糊地发出声音。她说，我又怀孕了，乔。是和平的孩子。我是个没有希望的人。

胡说。你可以把他生下来，我们一起带大他。乔流泪。她说，求求你，南生。你不可以死。她背起南生。南生瘦弱的身体像冲上岸的鱼，伏在乔的背上迟钝而沉重。南生手腕上的鲜血顺着睡衣布条往下滴落。她说，我不能要他。乔，我得给他和我自己自由。

乔趔趄地走到大街上去拦出租车。没有出租车经过。只有偶尔经过的货车飞驰而过。乔站到马路中间，冲着一辆开过来的车灯刺眼的货车，用力地挥动双手。深夜的大街一片黑暗。冷风呼啸。空中飘起了雪花。

因为身体虚弱，南生在手腕上伤口愈合之后，进行了药物流产。一个星期里，南生被药物的副作用折腾得死去活来。躺在床上，吃不下任何东西。胸口是翻江倒海般的呕吐感。嘴唇烧得干焦。然后在侵蚀到骨头里的寒意和疼痛中，她迎接到了从体内汩汩涌出的鲜血。鲜血带走了绝望，留下空白的清醒。

在医院里，乔守了南生一个星期。她没有再去演出，不敢离开南生一步。南生醒来的那天，一眼看到窗外堆满积雪的蜡梅树。那场大雪下了三天三夜。乔睡着了。脸伏在她的枕头边。她没有化妆的脸看过去憔悴得像个妇人。嘴唇边都是燎泡。南生伸出手抚摩她的头发。乔睁开眼睛，看着南生，眼泪流下来。两个人额头抵着额头，互相微笑。乔亲吻南生的额头。她说，南生，我爱你。

南生在南京住了一个月。自杀未遂，怀孕流产之后，她的心境平和下来。她在家里写作和阅读。只有文字才能治疗她。一种深切的直接的抵达灵魂的治疗。她看很多书，在乔的房间里到处都散落着书。精神分析，心理学，社会，历史，艺术，也看天文和易经。然后写她的小说，赚些许稿费。有时候去大学听讲座，关于诗歌、音乐和经济。南生感觉自己心的缝隙，在慢慢地愈合。被某种世界的大同和宿命的认知，一点一点地弥补和磨平。

晚上她去看乔的演出。那个脸上涂着亮粉，粘着水晶碎片的艳丽女子，穿着紧身的蕾丝衣服，在舞台上一边唱歌，一边拉琴，一边扭动着纤细的腰肢。等乔表演结束的时候，她就叫侍应送一杯冰水上去。乔和她的成员们已经开始收拾行装，即将北上。

很偶然的，那天在新街口遇见罗辰。春天的气息已经开始弥漫，大街上的人有着被阳光温暖照耀的鲜活的脸。南生走出金鹰百货公司的大门，一眼看到罗辰。那个看过去儒雅斯文的男人。他的身边有一个长发披肩的女孩。他们拉着手。

时间唰唰地回流，南生看到了凤凰的青石板小路。有些人，有些事，原来在生命里只能停留短短的一刻。罗辰叮嘱身边的女孩先进商店，然后他向她走过来。南生，你一直在南京？他问。眼神黯然而柔情地停驻在她的脸上。

南生微笑。太多事情，太多缘由，如何说起。她的手轻轻抚摩着自己手腕上的伤疤。我已经结婚了。南生。南生微笑。我知道你会很幸福。是我的同事。刚分配进来。为了我和原来的男朋友分手，我想我应该对她负责。罗辰低声地说。再抬起头的时候，他的眼睛里已经有泪光。南生，我需要一个理由。

南生抬头看着街边的梧桐。翠绿的树叶在阳光下闪烁着光泽，生活的表面平静如常。她想了一下，对他说，罗辰，有些人注定无法彼此相爱。

你一直在南京吗。不。我即将离开。我要对你说声谢谢，南生。

为什么。谢谢你曾经把你生命里的一段时间给我。虽然很短，还未到两年。罗辰伏身抱住南生，亲吻她的额头。然后他仓促地离开。南生在阳光下站了一会儿。微微一笑，走入人群。很好。从此他们将再不会相逢。一切已经释然。彼此再次陌路。

南生和乔爬上了紫金山的山顶。中午烈日高照，山顶的树木散发出辛辣的清香。南生站在光滑的大岩石上，和乔一起高声尖叫。巨大的风呼啸而过，吹散了头发。

小镇里最高的山叫大溪岭。南生对乔说。童年时我唯一最爱就是爬到高山顶上。

一个人站在高山顶上恐惧吗。那时候你还小。

不。我至今都记得风呼啸着掠过头发和身体的情形。苍茫大地，寂静无声。

你的灵魂喜欢站在高处，南生。所以你注定孤独。你是不会跟我去的，对吗。就好像你不会嫁给罗辰。你是一个多么固执的人。

南生无言。她的眼神清澈而淡然。停留在一个无人能够到达的空间。然后她清晰地说，乔，我要去找和平。这是我唯一能做的赎罪。我要见他。最后一次。

那是她们在南京停留的最后一天。第二天的早晨，南生和乔在火车站分手。彼此坐上一南一北的火车。乔上北京，南生去广州。

重回广州。

南生找到北京路上的那家餐厅。午后餐厅里空荡荡的，只有虚掩的门反射着剧烈的阳光。南生推门进去，感受到室内的一地阴冷。阿栗从店堂里出来。她依然穿着旗袍，艳丽的容颜，娇好的身材。一张憔悴而坚强的脸。

南生说，我要见和平。

和平不在这里。他走了。

去了哪里。

阿栗看着南生。她慢慢地走过来，靠近南生。她说，你为什么还要过来看他。南生。你应该清楚，和平是一个不懂得如何与人保持长久关系的男人。

南生说，他是我唯一爱过的男人。

他只是你的借口。南生。你对这个世界并无信任和勇气。每一次你都在把和平当作借口。这对他并不公平。他只是一个脆弱的向往正常生活的男人。

你能给他这种生活吗。

是。他以为我可以。于是我也认为我可以。只是你把他的自信再次摧毁。南生。他现在躲避到福建小镇里，不愿意出来。

南生留在阿栗的餐厅里。看着阿栗进进出出招呼客人。她像一枚成熟的果实，充满甜美黏稠的汁液。笑容爽朗，应对自如。生活给她的磨砺没有让她冷漠，只是让她更加坚强。所以她充满母性和坚强。

餐厅一直忙到凌晨两点。

阿栗关了铺子，对南生说，早点睡吧，明天我送你回去。

她就住在餐厅的楼上。她的孩子，那个三岁的小女孩有和她一样的宽额头、浓密头发及漆黑的大眼睛。胖胖的脸蛋红扑扑的，像苹果一样香甜。她叫女儿的名字是珠江。珠江的父亲早已经不知所终。

　　他给了我很多东西。阿栗说，那个香港男人，给了我用以谋生的店铺，可爱的女儿和对生活最大限度的忍耐力。我不觉得自己受到欺骗或伤害。他给的都是我所需要的珍贵的东西。她微笑。然后我碰到和平。第一次见到他的时候，他在和人斗殴。满脸鲜血，眼神如兽般狂野。可是我一把他拖到床上，他就睡着了。他像个孩子。

　　南生，你有真正地了解过和平吗。他向往感情，可并不懂得如何维系感情的长久和稳定。他是一个缺少安全感的男人，需要在阴暗中小心翼翼地爬行。你知道，他是不受逼迫的男人。他本身已经在承担着灵魂中诸多逼迫。

　　南生躺在床上，听着窗外夜雨的声音。淅淅沥沥的雨声敲打在玻璃上。她闭起眼睛，看到和平。在雪天的面馆里从口袋里摸出硬币的和平，打群架的头破血流的和平，离家出走的和平，在阁楼里抚摩她的裸体的和平，长大的和平，浑身是血的和平……她看着他们一个一个地闪现，离她如此亲近却不可触摸。

　　她的眼泪在黑暗中悄悄地滑落。

她一夜未眠。凌晨三点左右终于迷糊地睡过去，醒过来的时候是五点。阿栗已经起来，在厨房里准备食物。看到南生，她说，睡得好吗。我在做蛋挞。和平就是我教的手艺。不过蛋挞他做得比我好。

你一直照顾他，是因为爱他？

不。因为他需要被照顾。阿栗微笑。

有个孩子好吗。

孩子会带来希望，以为可以让他们光明而没有缺陷地生活一遍。代替自己生活一遍。

我已经失去两个孩子。他们无法存活下来。

有什么奇怪呢，你与和平是自私的人，习惯为自己而活。而且天生命硬，碰到你们的人是碰到石头的鸡蛋。我也有过和平的孩子，但是没有保住，流掉了。只有你们两个势均力敌。你原谅了这整个世界的不公和苦难了吗，阿栗。付出但不要去执着地要求回报。南生。这是最初的最后的真理。

南生在清晨七点离开了阿栗的餐厅。她亲吻孩子红扑扑的小脸，然后把蛋挞裹在棉布里，放进大衣口袋。她的长发凌乱，脸色苍白。一直在不停地抽烟。

阿栗说，南生，你不要去找他。你们之间已经无路可走。

我只想见他一眼。阿栗。然后我会走。我和他兜转了这么久，也到了该彼此各做各事情的时辰。南生说，我不见到他，就无法原谅自己。

那个伤口很深，差点要了他的命。阿栗黯然地摇头。那好，你去见他。

南生转身过去拥抱阿栗。她说，请代我照顾他。代我这一辈子好好爱着他。

南生坐上长途客车。她在车上一直昏睡。车子再次带着她翻山越岭，爬行在村庄和小镇之间。阳光从玻璃窗外照射进来，南生眯缝起眼睛，在玻璃上看到自己疲惫而清瘦的脸。她无法闭上眼睛。一闭上眼睛，往事就历历在目。让她心里疼痛难忍。

车子在一个陌生的小镇停下。司机告诉南生，她已经到了要去的地方。客车扔下她，冒着肮脏的尾气离她而去。

一座城镇傍山沿河而居。河上是一座木桥，桥下的河水翻腾着东去。南生走在僻静的石板小巷上。狗悠闲地晃动着尾巴走过。满街是高大的梧桐树。紫色的桐花有毒药般让人迷醉的清香。南生在一家小店铺里停下来，买了一个烧饼。她问老板，前门街怎么走。老板说，拐两个弯就到了。看到竹筷厂，就是到了前门街。

南生道了谢。她很饿，但是不想吃东西。她把烧饼塞进随身背的旅行包里继续前行。阳光在遍布落花的石板路上照耀。满地都是紫色的肥厚的花朵，有些已经被踩成了烂泥。突然想起来，这个场景曾经在梦中见过。这种领悟让她犹如当头一瓢水浇下来，突然全身冰冷。

她走到竹筷厂的仓库。很大的水泥房子，前面停着几辆大货车。

搬运工赤裸着上身，在搬箱子。南方的春天，在正午时候闷热而潮湿。南生想问一下路，但站在旁边无法插话进去。他们很忙。然后，她看到其中一个赤裸着上身的男人直起腰。他的皮肤和身体，她闭着眼睛也认得。

和平慢慢地走到她的面前。看着他。他的脸被太阳照得黝黑，全都是汗水。他的眼神平和，脸上没有任何表情。南生。你还是来了。

南生说，你好吗。

我很好。

阳光就这样在和平剃了平头的短发上闪耀。明亮的无处不在的阳光。南生头晕，浑身发软。她很想有一张床能够躺下去。她觉得自己马上要睡过去。就像童年的时候，在那个下雨的冬天夜晚。在火葬场的殡仪馆里，她在一大堆的陌生人里，看着父亲额头上的一块血斑。她也是这样地疲倦。又饿又困。然后，有一个面容英俊而冷漠的少年走向她。他带走了她。

二十年以后。他们在异乡的小镇里相对无言。只有阳光宛如宿命无可替代。

那一晚，南生睡在和平的房间里。他住在工厂宿舍，一间阴暗的小屋子，里面只有一张床，桌椅，简易衣柜，一些洗漱用品。但桌子上堆着很多书。南生说，你现在开始看书了？

和平说，和这个世界开始无法对话的时候，就觉得该找条出路。

我觉得应该反省自己，找到自己真正的道路……如果说原因，南生，你是让我对自己的生命产生恐惧的人。你把我逼到悬崖边上。

……我不是故意的。我可以有一点点赎罪的机会吗？

每个人的罪都只能背在自己的身上，慢慢去化解，放下。不必心怀歉疚，南生，请离开这里。自己去好好生活。

你打算一直在这里？

是。我不想再见到任何过去的人，想起任何过去的事情。在这里很好。和平温和地说。

南生慢慢地转过身去。曾经桀骜的和平，他的心死了。她说，对不起，和平。

不必要说对不起。南生。我知道，你对我非常好，但我们不会是彼此的救赎。

南生点头，好，我回去。我不会再来看你。她走近他，用双手捧住他的脸，她说，我这样爱你。和平。

我知道。南生。原谅我不是能和你一起走下去的人。有些人无法穷其一生在一起，即便他们思念对方。

南生点头，她的眼泪掉下来。和平揽住南生的头，你一直是个孤独的孩子，南生。但你要看看这个世界，不要与它为敌。地球在永恒当中，也只是一颗孤独的蓝色星球。没有什么是我们可以依靠的。你不需要任何人。你足够强大。你只需要给自己一个希望。

南生第二天离开小镇。凌晨，和平睡着了。南生把被子拉过来盖在他的身上。她蹲下来仔细地凝望他。她确定这张脸从此会在她的生命里彻底消失，包括那些雪天和小阁楼的回忆，以及她的童年，少年……从此一去不复返。她双手空空地走出屋子。

外面依然有淡淡的漫天星光。她关上门，顺着来时的路轻轻走过去。在空无一人的街头，南生蹲下来，用双臂抱着自己，抽了一根烟。一个小时以后，她等到第一班路过小镇的客车。她抬起手挥动，上了车。

车子爬行在崎岖的盘山公路上。当阳光透过玻璃窗照在南生的脸上，南生的困意来临。她的眼角微微掀动，看到一群飞鸟。它们缓缓地兜着圈子，低声鸣叫，然后消失在山峦的另一边。温暖的春风掠过，像一双手轻轻抚摩南生的脸，吹散她的头发。南生睡着了。

去往别处的路途

外面在下雨。

窗外是哗哗的雨声。一切恍若隔世。我感觉自己走过漫长的隧道，到了苏醒的路口。这是重新面对的时间。透过窗帘缝隙，我看到黄昏的天空的颜色很淡，城市陷入在寂静的混沌之中。然后我转回视线，看到一间墙壁刷成白色的房间，大盆羊齿植物，深软沙发，亮着的丹麦式样立地灯，白色棉质地毯。这不是我的单身公寓。

森回来了。

拉开衣柜。在一整排的白色棉布衬衣里，随手挑一件。进旁边的小浴室洗澡。热水淋湿头发，顺着脸上的皮肤往下流淌。脑子里清醒过来。这是森第一次带我来他的家里。和我设想中的一样，用纯白做主色调，简洁干净，一尘不染。没有女性化妆品或衣物，没有插花，没有刺绣布艺。没有一丝暧昧气息的冰冷居室。我开始相信真实就如同他所表现的，他没有妻子或女友。他只是一个喜欢擦杯子的开酒吧的中年男人。

柜子上有一张用银相框装饰的照片，黑白画面略有些发黄。照片中是一个英俊的欧洲男人，年轻，眼睛微微眯起来，笑得天真烂漫，穿邋遢的旧牛仔裤和衬衣，坐在广场喷泉旁边。照片里是明灿灿的陈旧阳光。

我踩着地毯下楼，整幢楼房，三楼是卧室和书房，二楼是客厅和厨房，一楼是他的酒吧。森睡在客厅沙发上，白色纯麻窗帘低垂，房间光线阴暗，像封闭的盒子。只听到滂沱雨声。他光着脚，用靠垫做枕头，身上盖着薄毯。

我走过去，坐在沙发旁边的地毯上，房间像深深的海底。我看着这个男人。他的脸上已有时光沧桑的痕迹。他睁开眼睛。
为什么我会在这里？

我从机场回来，打电话一直不应。到公寓楼看到钥匙插在门上。房间里拔了电话线，窗户洞开，你裹着棉被躺在床上发烧。地上满是酒瓶和烟头。你不照顾自己。你的生活太危险。

　　我说，那你怜悯我了吗。你需要吗。他镇定地看着我。

　　我说，为什么你过了好久才回来。

　　家里有事处理，出现一点麻烦。

　　故事已经全部写完。

　　我看了。他顿了一下，好像不是我感觉中的结局。

　　你感觉中是怎么样。他不回答。他说，我走得这么久，一切都好吧。你有闯祸或丢失什么东西吗。

　　我说，我结婚了。还去新疆兜了一圈。

　　结婚？他质疑地看我。结婚了还一个人住在单身公寓里？

　　我的男人带着结婚证书跑了。

　　他摸我的头。乔。为什么你一再犯相同的错误。

　　很奇怪，森，我们相处这么久，居然一直都未曾爱上过对方。有时候觉得自己并未把你当成一个成年男人。

　　那当成了什么。他饶有趣味地看着我。

　　不知道。我未曾去了解。

　　新疆的旅行带给你意义了吗。

　　没有意义。人走到哪里都是一样。灵魂被局限。

　　我十年前就开始全球的旅行。后来我不再旅行。我知道除非我们找到自己内心的出路，否则生命是无谓地挣扎，像玻璃缸里的鱼。

　　我想去一个小海岛看看。在东海上。

为什么。

看看冬天的大海，和你一起。

他看着我，眼睛里有怜惜。然后他伸手过来抚摩我的头发。为什么把头发剪短？

以为自己可以重新开始。

我们搭上去海岛的客轮。

海上航行的时间十个小时，在客船上过一晚上。船上很空。冬天没有人去看海。海岛只有在夏天，才有旺盛的旅游业。森说，还记得你刚来酒吧，走进来，坐上凳子，漠然避世，先要一杯酒，然后把棉衣往两边一拉，里边只穿着一件乱糟糟的薄棉衫。你和其他女人不一样。

我说，有什么区别呢。我和她们一样地浮躁，脆弱。对生活充满欲望，又容易破碎。

我趴在栏杆上点燃一支烟。这一瞬间我很平静，旅行总是能够带给我平静。也许是出发的感觉类似于希望。深夜九点左右，客船长鸣一声，缓缓离开港口，顺着夜色中的黄浦江朝东边行驶。外滩迷离绚丽的霓虹倒映在江水中，像倒翻的颜料，逐渐冰凉，无可挽留。这个庞大华丽的城市，慢慢离我们而去。最终在黑暗的夜色中消失。

我说，船会经过我成长的城市。森说，你想念它吗。我说，不。我只是想在路过的时候看它一眼。只是看看。江上起了风浪。船开始颠簸。我们买的是一等舱位。两个人住。打开门就可以看到船头的甲板。森关紧门窗，帮我盖上毛毯。他说，外面风太寒冷，不要出去。好好睡一觉。我躺在床上。听着海上潮水剧烈翻涌。半夜森起身，走到我的床边。他在轻轻呼吸，我闭着眼睛不发出声音。他俯下身把毯子往我身上拉了拉，然后在椅子上坐下来。

　　我说，你睡不着吗。

　　他说，你也没有睡着。

　　我怕睡过了看不到它。快到了吗。

　　快到了。

　　小时候你最大的心愿是什么。

　　黑暗中有个人在我的身边。看着我。

　　像现在这样？

　　是。

　　船经过那个城市，我看到夜色中的码头。隐约可见的楼房的轮廓，还有岸上昏黄的灯光。我趴在栏杆上看着船慢慢地经过。寒风刺骨，吹得人浑身颤抖。森在旁边沉默伫立。这是一个怎样的城市。他说。在东海边。夏天有台风。街边长满高大的梧桐树。这里有很多商业暴发户。还有一些出名的人，祖籍在这里。从这里出走的人充满倔强。很聪明。

你为何离开。

要跟着心的声音走。它告诉我，我该去远方。

一直没有回家吗。

在那里已经没有住的地方了。我习惯和自己的灵魂一起住。

城市。城市是埋葬着往事、记忆、疾病、欲望、痛苦、孤独与欢愉的洞穴。城市是一个渡口。没有目的。没有终结。

然后我又睡着了。我在梦中握住男人的手，那温暖的手指像水一样流过肌肤。我的心里回响着无声的渴望，眼泪流出来。森轻轻地把手蒙在我的眼睛上。我的眼皮下全是温暖的泪水。不知道从什么时候开始，我经常没有因由流下眼泪。眼泪不带有悲欢的情绪，只是温暖的液体涌出眼眶，在脸上滑落，在皮肤上留下干涸的痕迹。我并不是内心悲伤。掉眼泪只是一种现实。像一个人吃食物太急迫会打嗝。

下午我们抵达海岛。和开巴士的司机讨价还价，上了他破旧的车子。岛上空气清凉，带着些许海水的腥味。游客不是很多，到处是脱落了叶子的树林。我带着森在海边堤岸上的一个路口下车。下面就是细沙的海滩和冬天混浊的大海。潮水汹涌，寒风凛冽。

走到村子里的农家。客房在二楼，陈设简单，一个房间四张单人床，床头的小柜子放着热水瓶。碎花的棉被。推开窗就看到大海。房东准备好简单的晚餐。土豆、粉丝、带鱼和卷心菜。我说，这是你不常吃的菜。在浙东沿海，我们吃这个。吃完饭，我们去海边走走。

海边很冷。淡淡的月光下，一条灰白色的沙石路回旋着延伸到远处的树林。走下石头台阶，就到了海滩上。大海的潮声在耳边。没有其他人。空寥的影子慢慢地向前移动。

我说，第一次来，是学校里的春游。那时候我读高中。住在寺庙里，房间是木结构的，走路时地面发出响亮的回声。晚上坐在海边的礁石上，突然下起大雨。一路跑回来。躺在床上，听到外面走廊上不断有同学走来走去，发出快乐的声音。窗外有雨声和树叶晃动的声音。我总觉得自己在某一天会带一个人来这里。一起坐到天亮。

我们不能坐到天亮。太冷。你会生病。
我知道。有些事情不过是我们的幻想。

我们坐在礁石上，看着深夜的大海。海水在月光下晃动，已经看不到边际。我抽出一根香烟，用手围住打火机点上。我感觉自己在颤抖。烟头明明灭灭。风把头发吹乱，遮住了脸。我低声说，抱住我，森。

他的怀抱包围我，黑大衣有古龙水的味道。他把我的头揽到怀里，下巴轻轻搁在我头顶的头发上。

你在想什么。我说。

南生。

你不喜欢她的结局？结局只是一个合理的安排。有另一个结局。南生把和平带到N城。他们住在三十一层的房间里。那个夜晚是除夕。和平坚持第二天要走。他喝了很多酒，半夜醒过来的时候头痛欲裂，发现南生跪在他的床边，她手里的刀深深地插入他的腹部。她用手指涂抹他的鲜血，爱惜地抚摩他。窗外那一刻烟花绽放。除夕迎接新年的时间已到。绚烂光芒照亮天空，照亮南生如花盛放的脸。她说，和平，你会用你的一生来记得我。因为我要让你感觉到疼痛。你不会忘记我。整张床已经被血泊淹没。南生剖开了自己的肚子，想取出自己的孩子。她怀孕了。是和平的孩子。

然后呢。

他们被一起送进医院。和平痊愈。南生终生残废。她再也不能生孩子。和平和阿栗远走异国他乡。但半年后和平死于一次酒吧里的斗殴。

南生呢。

她下落不明。

森沉默。我说，很多人都是在寂静的绝望之中，只是并不自知。他们结局究竟如何，并不重要。夜晚狂暴的潮声和寒风淹没了我们的声音。黑暗是永恒的，广博的，无法抵抗的力量。

在海岛上住了三天。我们准备坐船回上海。在船上我开始发烧，躺在床上无法行动，晕痛的头加上海上起风，一直呕吐。森不睡觉，整夜地陪着我。他温暖的手掌一直紧握着我。我开始低声地说话，意识模糊。半夜的时候，他喂我吃药片。身上终于有些许黏湿的冷汗。他说，乔，你的身体不好。太容易发烧。可能我对疾病过于敏感。你在叫和平的名字。你在自己的小说里沉浸了太久。该把它结束。它已经结束。你有时候让我很担心，你心里有一块黑暗的东西。

你看见它了吗。

我懂得你。不是理解，不是知道，仅仅是懂得。每个人都是要过下去的，不管按照什么样的方式。每个人都试图在按照自以为是的幸福标准生活下去。有时候这种感觉过于荒凉。生命只是风中飘零的种子。在时间的旷野里失散。一瞬间就不见了。

我对森微笑。我说，森，为什么我觉得我们不是回上海。我们好像是要到很远的地方去。

森走出去。他在外面吹着冷风抽烟。我从未曾见过他抽烟，但那天晚上，他做了。然后他回到房间里。他说，乔，你想和我一起去英国吗。

我看着他。他的神情很平静。

他说，我想你应该早就明白我的性取向。我唯一爱过的一个男人，是一个法国人，在七年之前死于一次飞机失事。那时候我在伦敦，他在巴黎。他时常坐飞机赶来赶去，直到一天消失不见。我无法在伦敦继续下去，因为那里有太多记忆。于是回到上海。那年我三十岁。父母都在英国，虽然相隔遥远，但他们希望我早日成婚。因为我一直对他们隐瞒实情。

这次回去，是因为家父已经得了绝症，时日无多。母亲提出希望我能够让他如愿。他看着我，他说，我们去英国。我告诉他们，我们已经结婚。然后回来，选择任何一个你喜欢的城市。在一起彼此自由，互相照顾。

我说，那就是说你始终都不会爱上我。

你需要吗。乔。他说，你要的是彼岸的花朵。盛开在不可触及的别处。

回到家里。听到小至的录音电话。她模糊的声音依然清甜。她说，乔，我还在加德满都。我喜欢这里，在一个美国人开的酒吧里打工。他的酒吧大概还能开三个月，然后去非洲。荷兰男人走了。我独自看夕阳。你有空就来找我。我三个月里会在。

还有卓扬。太久没有他的声音了。他说，乔，我想见到你，你能不能回电给我。

我想了想，还是去见他。我有预感他会和我告别。在某个瞬间，我确定他爱过我。是真诚的感情。我出门。到他在淮海路的高级写字楼，等在大堂里。然后看到卓扬从电梯里出现。

他穿着三件套的西装。看过去已经是个像模像样的白领，脚上的皮鞋刷得很干净很亮。他已经不再是那个穿黑色T恤满脸清新的男人。很久未见的卓扬。想起他皮肤上淡淡的青草气味。我们就是这样苍老的。从时光的彼端辗转到另一端。就是这样苍老。

乔。他点点头。他说，你的头发剪短了。

不好看了是吗。

你怎么样在我眼里都是好看的。

他还是那个温情的孩子气的上海男人。我俯过去亲他的脸。他没有躲闪。他说，我下周要出国了。去法国。

手续都办了吗。

是的。他说，生活越来越麻木了，再没有变化，就跟死了一样。

等老了以后再开一家音像店吧。找些好片子。

他黯然微笑。大概不会回来了。和羊蓝一起去。她喜欢法国，希望在那里定居。

你们结婚了？

快了。

以后要把她抓牢一点，免得再发生意外。

随便吧。很多事情不是想怎样就怎样。我们都无能为力。他看着我的眼睛。他看过去是疲惫的。我们走进咖啡店去买咖啡。他说，小至会回来吗。

大概不会。她是个盲目的人，不知道自己要什么，所以走在路上较好。

你呢。你如何安排你的生活。我听说有一个有钱的男人在追你。

我笑。没有。哪有这种好事。我不可以告诉他，这个男人可以给我任何我想要的东西。只是不会给我爱情。世界上从无完满的事情。

他看着我。他说，乔，你还和以前一样。郁郁寡欢，但从不犹豫。有一段时间我真的非常想和你在一起……

卓扬。我阻止他。旧事切莫重提。我不是一个运气好的人。幸福总是被我赶跑。

你的电影故事是否已写完。还准备给那个导演吗。

不给。他大抵拍不好看。

那为什么要写呢？

我就是想写一场电影。在一个人的电影院里，等一个陌生人进来，放给他看。

看完之后呢。

曲终人散。

你是不是打算离开上海？他盯住我的眼睛问我。

我说。是的。在这里已经没有我可以停留下来的理由。

我再也不会见到你了吗，乔？

为什么要见呢。很多人不需要再见，只是路过而已。遗忘是我们给彼此最好的纪念。

我开始收拾行装。太多的东西：衣服，部分家具，大量书籍，香水瓶，植物……都不准备带走。身外之物，也是有缘相会，时限一到就只能剥离。慢腾腾地把手提电脑放进包里，把最喜欢的几本书和几张碟片放进去。再放进一些衣服。给房东打电话。水电煤气费全部付清了。押金，还有一些家具及用品全部留给你。我说。

不是说会住两年吗。你才住了几个月。

够了。差不多就这个时间。

要离开上海吗。

是。

以后还回来吗。

估计不会。这里不是故乡。

可是故乡又是在哪里。已经回不去。故乡是回不去的地方。

我的旅行箱里放着那张报纸。是天桥的乞丐给我的。有一篇报道是采访在深山里教书的男人。他离开城市，说，殊途同归。在很小的时候，我的理想是教书。和孩子在一起。孩子是天堂里的花朵，还未染上尘埃。生命只有这短暂的瞬间远离悲欢。多么好，看着他们纯真无邪的笑脸。只是人的理想注定和现实无关，做的总是不相干的事情。

在街角用手心护着打火机点了一根烟。又在地铁站买一杯热鱼丸，和很多路过的顾客一样，对着木头柜台，站在那里把鱼丸吃掉。下车的大批行人如潮水一样在身后涌过。这是停留了两年的上海。阳光在高大建筑物的狭窄缝隙里移动。行人步履匆促。天空很蓝，阳光很淡。它的繁华和没落，它的深海般的寂寞……我从未曾见过比它更冷漠更华丽的城市。它高耸的楼群，如果在三十多层的大厦往下看，就如同魔术师变出来的奇迹。似乎可以在瞬间消失。海市蜃楼般壮观。

走进地铁。地铁在城市的地下轰隆隆地前行。一群去火车站的外地人，他们高声喧嚣，谈论购物的经验和成果。很多人来这个城市只是为了购物。而我在这里生活，写作，遭遇陌生人。然后离开。最终，所有的离开都是一样。闭上眼睛，脑子有微微的晕眩。我想象自己站在高高的山顶。灼热的阳光直射，云在呼啸的大风中快速地移动……我听到心里变得清晰的声音。我知道我的去向，如同知道我曾经为何来到这个城市。

买了票。离火车出发还有半个小时。在附近的小店铺里转悠，买了一瓶矿泉水和两份平时常看的报纸。看到街边的电话亭。走进去，拨了号码。

森，是我。

我一直在等你的电话。

我已经把电脑里所有的文字清除。

你在哪里。他敏感地压低声音，你要走了？

是。电影放完了，散场了，人也该走了。这一块硬币我还给你。我用它给你打了电话。

我对你提过的建议呢？

我爱你，森。我不能以不爱的方式和你在一起。

我需要你，乔。不要走。

我微笑，森。我们遇见的意义大概只在于，我能够对你说出我心里的那场电影。只有你才能做我的观众。

我们永不再相见吗。

这是时间的问题。如果某一天，我回来。你的酒吧还在，我会进来喝杯威士忌加冰。你的酒很好，总是让我醉。

你去哪里？

别处。我已经很累。森。我要收起电影，找个可以安顿的地方和人，让自己歇息。

你找得到吗？

应该会。我微笑。我们所有人都在找，这是我们共同的命运。还记得吗，殊途同归。再见，森。我挂掉电话。我听到森低沉的声音，他还想说什么。但是一切突然地静止，他来不及。在我们彼此停留的时候，所有的发生都已经迅速地消失。

抱起旅行箱，走出电话亭。外面下起了雪。

周围是川流不息的陌生人。我再一次发现，丧失自己的历史，记忆，感情，家，如同重生。它让我的空虚获得拯救。让我穿越时间，抵达另一处的空虚。很多人的影子在我眼前闪过。那些靠近我的人，和我肌肤相亲的人，和我彼此拥抱和倾诉的人，和我一起观望彼岸花朵的人。他们的灵魂是我过河的石头。我曾在跋涉的过程中短暂停留。

站在街口观望。这是这个冬天，上海的第一场雪。伸出手心，冰冷的雪花融化。二十多年的雪花始终一样。这是无法更改的永恒。马路对面，突然出现一个男人模糊的影子。穿着一件蓝卡其的中山装，头发蓬乱。他带走了我生命里永恒的等待。等待着一个注定离散的人。然后让我相信，对岸也总是有一个人在等待着我。我们在空虚的两端抗衡。

我眼含热泪，定住眼睛凝望。男人的影子消失。这一刻我终于平静而愉悦。

裹紧大衣，拎起箱子，穿越逐渐大起来的苍茫飞雪，走向深夜灯火通明的车站。出发的时间已到。

《二三事》与《彼岸花》之后记

　　这两个长篇，写在 2000 年、2001 年。回头望去，差不多已过去二十年。二十年前的我，正处在放任自流、生命力旺盛、意志坚韧、东奔西跑的阶段。换城市、换工作、换住所、谈恋爱、去远方旅行……尝试生活的各种可能性。那时的我，就处在这样一个桀骜不驯而上下求索的时期。

　　这两个长篇，记录了那时的心境与时代的特征。在故事与小说中，我看到二十年前的自己，那时的迷惘与内心状态。文字留下特定的时间的印记。而有些心境，则过去了不再回来。

　　写作《彼岸花》时，我正决定从上海迁移到北京。辞职之后，在寓所准备写第一个长篇小说。之前，没有人教过我如何写作长篇。我构思了这个小说的框架，尝试起头。然后打开电脑，按照自己的故事写下去。作为第一个长篇，《彼岸花》更像是一种尝试与爆破，而不是技巧与经验完美的作品。

但当它出版之后，令一些读者产生强烈的阅读感受。他们告诉我，被书中这个残酷、悲伤的故事震动，甚至失眠，产生一种恐惧……影视公司和导演也因为这本小说来找我，希望拍摄它。它被连续签约了几次，没有被拍出来。也许是其中的复杂情感难以表达。

而我在写的时候，并没有去预设它能让读者产生这种共情。对我来说，这只是一个幻想中的想要表达的故事。关于爱的追寻和不可得。

人们为什么会被这个故事感动，我并不知道答案。是南生对和平的这份执着，她的顽强个性，还是两个相爱的人被命运拨弄的身不由己，最终成为陌路？对书中的南生而言，她认为自己唯一的信仰与救赎，是爱。对当时的我来说，或许也是这样信念。

写《二三事》时，我在北方城市尝试新生活。一开始，以为自己住一阵就会回去南方。但没有想到，一住直到现在，再也没有回到上海。《二三事》与《彼岸花》延续同一条脉络。以爱为信仰，以爱为救赎。情爱的边界如同深渊，无法触及。挣扎醒来，发现不过一场幻梦。

也可以说，这两个情爱小说，代表我在2000年左右的创作阶段，一种技巧与经验的摸索与积累，也是自己对人生与情感的心路探索。当时的我，身为作者，与书中的人物一样执着和颓废。书中某些想法，如今看来，也是属于年轻的或局限性的认知。但这是人必须经历的过程。

二十年之后，我才差不多能够真正解答书中提出过的那些疑问。我知道了答案。我把这一路走过来的一些思考的答案，写在《夏摩山谷》里面。如此对比，能够感觉到自己对人生之观察与审视的视角，究其本质的认知，已发生变化。

也是在二十年后，我碰到那位对"彼岸花"有兴趣的导演。很多人崇拜过他的作品。他温和地问我，南生最后的归宿到底在哪里？我只是把《夏摩山谷》送给了他。

每一个人的个体完成，都需要拥有丰富的过程与故事。这两个长篇，带着当时的时代与环境的种种烙印，也带着我自身生命阶段的鲜明印记。这些小说从技法与主题上来说，并不完美，也不够理性。同时，也是直率、开放而真诚的。相比起之后的我，那时的文字，虽然是少作，但也有着年轻独有的清澈与可贵。

回头再看这两部长篇小说，作为当时的年轻作者，我的表达力充沛，并且放任自己的想象与情绪。我并不知道自己的写作，在如何影响着读者的内心。虽然有些颓废，有些边缘，或许也让他们对自己的内心产生新的认知。精神追索，存在疑问与压抑，同时，潜藏着人对内在生命与个体化生长的觉醒与自省的种子。它们不可分。

自 2000 年开始出版作品，新旧读者不断在发生更替与变化。有些钟爱早期作品的情绪、颓废与情爱的强烈，有些更能懂得后期作品的内在思省。不管如何，珍贵的是这份在读写中联系在一起的生命生长。

当时沉溺在小说与故事里的那些年轻人，大多独自一人在枕边或桌前，在文字中试图安放自己内心的迷惘与孤独。想来，当年的他们，现在也都已进入中年。纷纷成家立业，或许做了父母。回头去看，似乎也就明白人生必须穿越的心境，如同一段段隧道，最终为了通到出口。

每十年，人与之置身其中的时代，以及自我的内在，都会有大的变动与更新。二十年，更是如此。

二十年后，去修订这两部有着特殊阶段烙印的长篇，对我来说，有着别样的意义。我也珍惜这样的机会。把文本中一些修辞做适度的改善，并从中回顾自己的人生。我从不觉得自己完美，也不觉得自己写出的是完美的作品。但会继续往前走，不停下脚步。

愿这些过往文字中的标记与声音，能够给现在的你带来一些启发。

2020 年 12 月 18 日，北京